रसायन विज्ञान
के
प्रोजेक्ट्स

रसायन विज्ञान
के
प्रोजेक्ट्स

प्रवीण कुमार बन्द्रवाल

नीलकंठ प्रकाशन
नई दिल्ली-110002

ISBN : 978-93-95145-41-1

मूल्य : 460.00

प्रथम संस्करण : 2022

द्वितीय संस्करण : 2025

प्रकाशक : **नीलकंठ प्रकाशन**
4760-61, 23, अंसारी रोड़
दरियागंज, नई दिल्ली-110002

शब्द-संयोजक : गुप्ता कम्युनिकेशन, शाहदरा, दिल्ली-110032

मुद्रक : मणिपाल टेक्नॉलजीस् लिमिटेड, भारत

RASAYAN VIGYAN KE PROJECTS *by* Praveen Kumar Bandarwal

दो शब्द

दो या अधिक रासायनिक तत्वों के मिश्रण से जो नया रासायनिक तत्व बनता है, यही रसायन है। दवाएँ, कीटनाशक तथा विभिन्न प्रकार की कॉसमैटिक क्रीम आदि सभी रासायनिक प्रक्रियाओं का परिणाम है। जैसे-जैसे मनुष्य ने रासायनिक तत्वों के अध्ययन में विकास किया तथा लाभदायक रसायनों का उत्पादन किया, वैसे-वैसे मनुष्य स्वास्थ्य में विकास होता रहा है। प्रस्तुत पुस्तक 'रसायन विज्ञान के प्रोजेक्ट्स' में रसायन विज्ञान की चुनी हुई रासायनिक परियोजनाओं की श्रृंखला दी गई है जिनसे पाठक को रोचकता ही नहीं बल्कि रसायन विज्ञान के प्रति जागरूकता भी बढ़ेगी। पाठकों से अनुरोध है कि पुस्तक के सन्दर्भ में अपनी राय दें ताकि अगले संस्करण में इन्हें सुधारा जा सके।

—प्रवीण कुमार बन्द्रवाल

विषय सूची

1

इस्पात ऊन और विनेगर रिएक्शन

सिरका में इसपात ऊन भिगोएँ और देखें कि स्टील में लोहे के आस-पास ऑक्सीजन के साथ प्रतिक्रिया होने पर क्या होता है। बच्चों के लिए यह मजेदार विज्ञान प्रयोग रासायनिक प्रतिक्रियाओं के बारे में सीखने के लिए बहुत अच्छा है।

आपको किस चीज की जरूरत है

1. इस्पात की पतली तारें
2. सिरका
3. दो बीकर
4. पेपर या ढक्कन (गर्मी को रखने के लिए बीकर को कवर करने के लिए कुछ)
5. थर्मामीटर

निर्देश

1. बीकर में स्टील ऊन रखें।
2. सिरका को इस्पात की ऊन पर डालें और इसे लगभग एक मिनट के लिए सिरका में भिगो दें।
3. स्टील ऊन निकालें और किसी अतिरिक्त सिरका को निकालें।
4. थर्मामीटर के आधार के चारों ओर स्टील ऊन लपेटें और

दूसरी बीकर में उन्हें दोनों जगह दें।

5. गर्मी को रखने के लिए कागज या एक ढक्कन के साथ बीकर को कवर करें (सुनिश्चित करें कि आप थर्मामीटर पर तापमान पढ़ सकते हैं, थर्मामीटर के माध्यम से जाने के लिए कागज में एक छोटा छेद या ढक्कन के कारण एक अच्छा विचार है।
6. प्रारम्भिक तापमान की जाँच करें और फिर इसे लगभग पाँच मिनट के लिए मॉनिटर करें।

क्या हो रहा है?

बीकर के अन्दर के तापमान को धीरे-धीरे बढ़ाना चाहिए, आप बीकर को धूमिल होने पर ध्यान दे सकते हैं। जब आप सिरका में

स्टील के ऊन को सोख लेते हैं तो यह इस्पात की ऊन की सुरक्षात्मक कोटिंग को हटा देता है और इस्पात में लोहे को जंग के लिए अनुमति देता है। रस्सा (या ऑक्सीकरण) लोहा और ऑक्सीजन के बीच एक रासायनिक प्रतिक्रिया है, यह रासायनिक प्रतिक्रिया गर्मी ऊर्जा पैदा करती है जो बीकर के अन्दर तापमान बढ़ा देती है। यह प्रयोग एक्सायोर्मीक प्रतिक्रिया का एक उदाहरण है, एक रासायनिक प्रतिक्रिया जो गर्मी के रूप में ऊर्जा जारी करती है।

2

बॉल्स के माध्यम से ऊर्जा हस्तान्तरण

ऊर्जा लगातार रूपों बदल रही है और ऑब्जेक्ट के बीच स्थानान्तरित कर रहा है, यह देखने की कोशिश करें के यह कैसे काम करता है। बड़े गेंद से छोटे आकार के लिए गतिशील ऊर्जा हस्तान्तरित करने के लिए दो गेंदों का उपयोग करें और देखें कि क्या होता है।

आपको किस चीज की जरूरत है

1. बास्केट बॉल या सॉकर बॉल जैसे बड़ी, भारी गेंद
2. एक छोटी, हल्की बॉल जैसे टेनिस बॉल या इंफैटेबल रबड़ बॉल

निर्देश

1. सुनिश्चित करें कि आप बहुत सारे कमरे के साथ बाहर हैं
2. बास्केटबॉल के शीर्ष पर टेनिस की गेंद का ध्यान से रखें, बास्केटबॉल के नीचे एक हाथ पकड़ो और दूसरा टेनिस गेंद के ऊपर।
3. दोनों गेंदों को ठीक उसी समय चलें और देखें कि क्या होता है।

क्या हो रहा है?

यदि आप एक ही समय में गेंदों को हटा देते हैं, तो टेनिस की गेंद को बास्केटबॉल को उछालना चाहिए और हवा में उड़ जाना चाहिए। दो गेंदों को जमीन पर फेंकने के तुरन्त बाद ही एक दूसरे को मारा, बड़े बास्केटबाल में बहुत सारी गतिज ऊर्जा छोटे टेनिस गेंद के माध्यम से स्थानान्तरित की जाती है, इसे हवा में ऊपर भेज दिया जाता है।

जब आप उन्हें छोड़ने से पहले हवा में गेंदों को पकड़ते थे, तो उन्हें 'सम्भावित ऊर्जा' कहा जाने वाला एक और प्रकार की ऊर्जा होती थी, तो गेंदों ने गेंदों को उठाने के प्रयास के माध्यम से इसे हासिल किया, यह ध्यान रखना दिलचस्प है कि ऊर्जा कभी नहीं खोई जाती है, केवल अन्य प्रकार की ऊर्जा में तबादला।

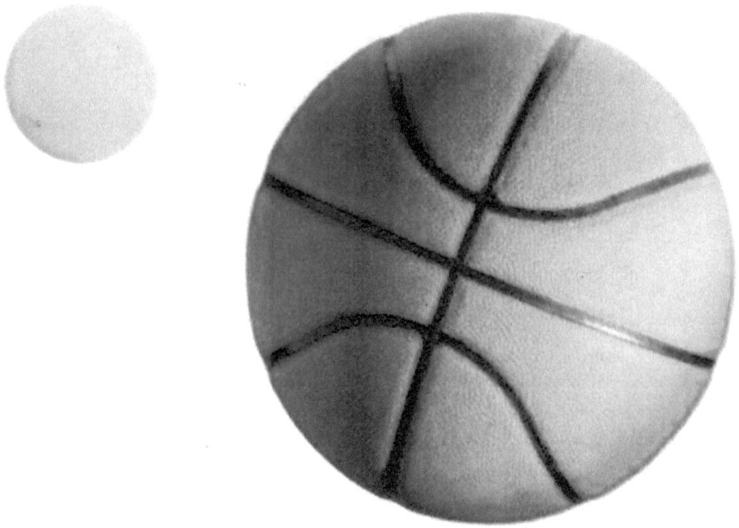

3

नमक क्रिस्टल परियोजना

इस सरल परियोजना के साथ अपने स्वयं के नमक क्रिस्टल को बढ़ाना मजे करो एक बार आप समाप्त हो जाने के बाद माइक्रोस्कोप के साथ अधिक शोध कर सकते हैं। क्रिस्टल को देखने के लिए सुन्दर हैं और आप भी अपना स्वयं का संग्रह शुरू करना चाह सकते हैं।

अपनी स्वयं की नमक क्रिस्टल बढ़ाओ।

आपको किस चीज की जरूरत है

1. एक जार
2. पानी
3. लगभग आधा कप नमक
4. सरगर्मी के लिए एक चम्मच
5. स्टिंग
6. कैंची
7. 2 टूथपिक्स

निर्देश

1. पानी के साथ जार भरें।
2. पानी के बारे में आधा कप नमक जोड़ें।
3. एक चम्मच के साथ समाधान मिलाएँ।

4. कैंची के साथ स्ट्रिंग का टुकड़ा काटें और टूथपीक के प्रत्येक छोर को टाई।
5. जार के शीर्ष पर स्ट्रिंगरखें ताकि स्ट्रिंग समाधान के मध्य में घुमाए और किनारे पर टॉथपिक्स लटकाए।
6. जब आप समाप्त कर लेंगे तो साफ करने के लिए मत भूलें।

आगे क्या?

प्रयोग छोड़ें और नमक क्रिस्टल की स्ट्रिंग के साथ बने रहने के लिए प्रतीक्षा करें। वे क्यूबिक क्रिस्टल का उत्कृष्ट उदाहरण हैं और आप एक माइक्रोस्कोप के नीचे उनको जाँच कर आगे अनुसन्धान कर सकते हैं।

जब आप एक माइक्रोस्कोप के नीचे विभिन्न क्रिस्टल को देखते हैं तो आप उन दोनों के बीच के अन्तरों की जाँच कर सकते हैं—क्या वे पूरी तरह से गठित हैं? क्या आकार वे हैं? कौन-सा रंग?

क्या आप क्रिस्टल पर कोई सूक्ष्मजीव देख सकते हैं?

क्रिस्टल को बहुत सारे छोटे क्रिस्टल के रूप में या विशाल व्यक्तिगत क्रिस्टल के रूप में समूहीकृत किया जा सकता है। वे सूक्ष्म स्तर पर उन सभी के आकार में भिन्न होते हैं जो वे क्रिस्टल तक पहुँचते हैं जो लम्बाई में मीटर हैं!

अपनी प्रोजेक्ट के लिए क्रिस्टल की एक श्रृंखला एकत्र करने का प्रयास करें, विभिन्न प्रकार के लेबल करें और इन्हें रखने के लिए रॉक संग्रह बॉक्स बनाएँ।

4

स्टैलाटाइट परियोजना

गुफाओं में पाए जाने वाले स्तालैक्टिसाइट और स्टेलेगमी प्रकृति की एक प्रभावशाली विशेषता है लेकिन वे फार्म करने के लिए एक लम्बा समय लेते हैं। चलो अपने स्वयं के स्टैलाटाइट्स और स्टैलाग्मीट्स बनाकर इस प्रक्रिया को गति दें।

पर्याप्त समय के साथ वे बीच में भी शामिल हो सकते हैं और एक कॉलम बना सकते हैं।

स्टैलाकाइट्स और स्टैलाग्मीट्स बनाएँ।

आपको किस चीज की जरूरत है

1. दो गिलास जार
2. ए सोसर
3. ऊनी धागा
4. या तो बेकिंग सोडा वॉशिंग सोडा या एप्सम लवण

निर्देश

1. गर्म पानी के साथ दोनों जार भरें। जितना सोडा आप प्रत्येक एक में कर सकते हैं भंग।
2. एक गर्म जगह में दो जार रखें और उनके बीच तश्तरी रखो।
3. ऊन धागे के कई किस्मों को मोड़ने से पहले जार में छतने से

पहले और धागा के मध्य को तश्तरी के ऊपर लटका दें। छोरों को जार में रखने के लिए विभिन्न छोटे, भारी वस्तुओं के साथ तौला जा सकता है।

4. दोनों समाधान धागे के साथ रेंगना चाहिए जब तक कि वे मध्य तक पहुँच न जाए और फिर तश्तरी पर नीचे टपकाएँ।
5. देखें कि अगले कुछ दिनों में प्रयोग का क्या होता है।
6. जब आप समाप्त कर लें, तब अपने हाथों को धोने के लिए मत भूलना।

क्या हो रहा है?

कुछ दिनों में टपकाव का पानी बेकिंग सोडा के पीछे चलेगा, जिससे एक छोटे से स्टैलाटाइट (छत से बने) और स्टालाग्मीट (जमीन से बने) का निर्माण होगा। पर्याप्त समय के साथ ये अन्ततः एक कॉलम बनाने में शामिल हो सकते हैं। स्टैलाकाइट्स और स्टैलाग्मीट्स पत्थर के स्तम्भ हैं जो भूमिगत गुफाओं में होते हैं। वे वर्षा जल में भंग होने वाले खनिजों से बने होते हैं जो धीरे-धीरे छतों और गुफाओं की दीवारों से घिस जाती है।

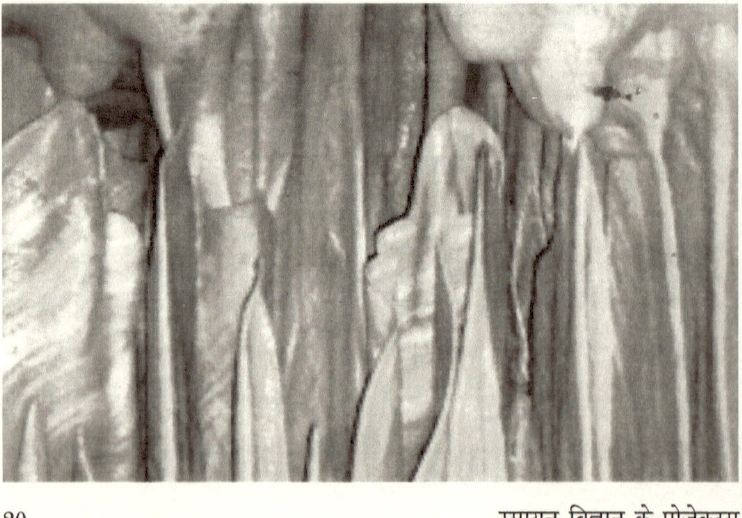

5

बहुरूपदर्शक परियोजना

सुन्दर रंगों और सममित पैटर्न का आनन्द लें जो अपने स्वयं के बनाकर एक बहुरूपदर्शिका द्वारा बनाई गई है। समझे कि प्रकाश कैसे आपके कालीडोस्कोप के दर्पण के बीच बाउंस करता है और जब इसे समाप्त होता है तो इसे सजाने में मजा आता है।

स्वयं की बहुरूपदर्शिका बनाओ।

आपको किस चीज की जरूरत है

1. मिररड पर्सपेक्स के 3 टुकड़े
2. डक्ट टेप या मास्किंग टेप का रोल
3. ओवरहेट पारदर्शिता कागज
4. रंगीन देखने थ्रू प्लास्टिक
5. कलम

निर्देश

1. त्रिकोणीय आकृति बनाने के लिए 3 छिद्रों के प्रतिबिम्बत और उन्हें एक साथ टेप लें। सुनिश्चित करें कि यह ठोस है और त्रिभुज के बाहर है।
2. ओवरहेड पारदर्शिता के पेपर पर बहुरूपदर्शक के अन्त में छोटे त्रिकोण के चारों ओर ट्रेस करें (तह के लिए अनुमति

देने के लिए त्रिभुज के चारों ओर एक और 1 cm जोड़ें)

3. पारदर्शिता कागज को कालीडोस्कोप के अन्त में रखें और कोनों में कटौती करें ताकि किनारों को तह किया जा सके।
4. जगह में पारदर्शिता कागज टेप।
5. एक और त्रिकोण बनाएँ, यह पिछले 2 सेमी से बड़ा है।
6. तय करें कि किस प्रकार का रंगीन देखने-थ्रू प्लास्टिक आप अपने बहुरूपदर्शक के अन्दर डालना चाहते हैं। पारदर्शी कागज के शीर्ष पर बैठे छोटे टुकड़े को काटें।
7. कालीडोस्कोप के पार रंगीन प्लास्टिक रखो जो कि पारदर्शिता कागज है, और इसके ऊपर दूसरे (थोड़ा बड़ा) त्रिकोण पारदर्शिता कागज जोड़ते हैं। दूसरे त्रिकोण को ऊपर टेप पर दबाएँ ताकि प्लास्टिक के दो पारदर्शिताओं के बीच चलने के लिए अभी पर्याप्त जगह हो।
8. जब आपका बहुरूपदर्शक समाप्त हो गया है, तो कार्डबोर्ड का उपयोग करके एक आवरण को डिजाइन और सजाने के लिए

बेझिझक, कलम, चमक, टयूबिंग या आप उपयोग करना चाहते हैं कुछ भी महसूस किया।

क्या हो रहा है?

अपने बहुरूपदर्शक के अन्दर के पैटर्न को अन्दर पर दर्पण के बीच उज्ज्वल रोशनी द्वारा बनाया जाता है। जब आप एक छोर के माध्यम से देखते हैं, तो प्रकाश दूसरे के माध्यम से प्रवेश करता है और दर्पण को दर्शाता है। अलग-अलग दर्पणों द्वारा बनाए गए सममित पैटर्न के लिए रंग और पैटर्न भिन्न हो जाते हैं।

6

माइक्रोस्कोप परियोजना

पानी का उपयोग कर एक सरल माइक्रोस्कोप बनाओ और अपने चारों ओर की दुनिया को करीब से देखो। लैंस जो आप पानी से बनाते हैं वह सूक्ष्मदर्शी या आवर्धक काँच की तरह काम करता है, जिससे आप चीजों को बहुत अधिक विस्तार से देखने की अनुमति दे सकते हैं, अगर आप केवल नग्न आँखों के साथ देख रहे थे।

अपना माइक्रोस्कोप बनाओ।

आपको किस चीज की जरूरत है

1. फ्यूज तार का टुकड़ा
2. थोड़ा पानी
3. देखने के लिए ऑब्जेक्ट (ठीक प्रिंट के साथ अखबार या पत्रिका अच्छी तरह से काम करता है।)

निर्देश

1. फ्यूज तार के अन्त में 2 मिमी चौड़े के बारे में एक पाश बनाओ।
2. लूप में बने ड्रॉप पाने के लिए इसे कुछ पानी में डुबकी।
3. इसे अपनी आँखों के पास पकड़ कर रखें और एक पत्रिका जैसे वस्तु पर बारीकी से देखें।

4. आपको सही दूरी प्राप्त करने के लिए प्रयोग करना पड़ सकता है लेकिन आपको एक बड़ी छवि दिखाई देनी चाहिए, खासकर यदि आपके पास सम्भव के रूप में अपनी आँखों के करीब की बूंद है।

क्या हो रहा है?

प्रारम्भिक माइक्रोस्कोप के पायनियर्स मूल रूप से वस्तुओं को बड़ा करने के लिए पानी से भरे छोटे ग्लास ग्लोब का इस्तेमाल करते थे, यह इस प्रयोग में आप क्या कर रहे हैं इसके समान है। पानी की छोटी बूंद एक उत्तल लेंस का आकार बनाती है, जो प्रकाश को फिर से खारिज करती है और उस बिन्दु पर इसे परिवर्तित करती है जहाँ आप चित्र को स्पष्ट रूप से देखते हैं यह बाद में लेंस बनाने के लिए काँच के पीसने की विधि सिद्ध हुई थी आधुनिक माइक्रोस्कोपों में कई लेंस हैं और हमें बहुत छोटी ऑब्जेक्ट्स देखने की अनुमति है।

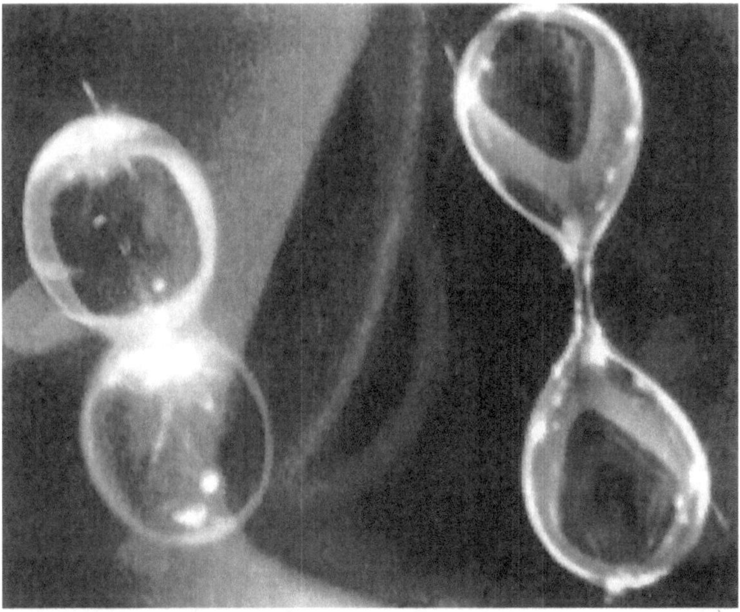

7

बैरोमीटर परियोजना

हवा का दबाव मापने के लिए एक बैरोमीटर का उपयोग किया जाता है। यह मौसम के परिवर्तनों की भविष्यवाणी करने में मदद करने के लिए एक उपयोगी उपकरण है।

अपना खुद का बैरोमीटर बनाओ और अपना खुद का मौसम पूर्वानुमान बनाना शुरू करें, अपने परिणामों की खबरों की तुलना में मौसम की भविष्यवाणी करें और देखें, कि सबसे अच्छा कौन है।

आपको किस चीज की जरूरत है

1. एक गुब्बारा
2. कैंची
3. एक जार
4. रबड़ बैंड
5. फीता
6. पाइप
7. कार्ड का एक टुकड़ा
8. एक मार्कर

निर्देश

1. गुब्बारे से ऊपर काट दें (जिस भाग में आप उड़ते हैं)

2. जार के शीर्ष पर गुब्बारा बढ़ाएँ और इसे एक रबर बैंड के साथ रखें।
3. जार के ऊपर पुआल को भरें, ताकि किनारे पर एक तिहाई किनारे पर लटक रहे हों। टेप के साथ गुब्बारे में पुआल छड़ी।
4. कार्ड के टुकड़े पर तीन लाइनें डालें, जो एक-दूसरे के अलावा करीब आधा सेंटीमीटर हैं। इन पंक्तियों को उच्च, मध्यम और निम्न के रूप में लेबल करें।
5. जार की पीठ के खिलाफ कार्ड टेप करें ताकि पुआल अंक कम हो जाए।
6. अपने बैरोमीटर को एक सपाट सतह पर कहीं अन्दर रखें।

क्या हो रहा है?

जब कम हवा का दबाव होता है तो गुब्बारा का विस्तार हो जाना चाहिए और पुआल नीचे दिखेगा। इसका कारण यह है कि हवा के मुकाबले हवा में हवा की तुलना में अब हवा में हवा का दबाव ज्यादा

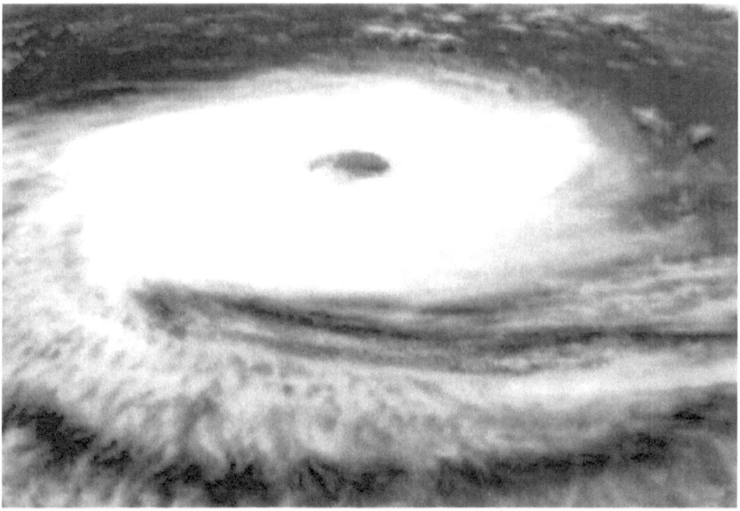

है, यह परिणामस्वरूप गुब्बारे को धक्का देता है।

जब उच्च वायु दबाव होता है तो बाहर की हवा में गुब्बारे को जार में धकेल दिया जाता है और पुआल ऊपर की तरफ बढ़ जाएगा गुब्बारा के अंदर हवा में अपेक्षाकृत कम दबाव होता है, इसने परिणामस्वरूप गुब्बारे को अन्दर की ओर धकेल दिया।

सामान्यतौर पर, उच्च दबाव उचित मौसम को इंगित करता है जबकि कम वायु का दबाव इंगित करता है कि खराब मौसम अधिक होने की सम्भावना है। हालाँकि मौसम का अनुमान सटीक विज्ञान नहीं है और कभी-कभार बहुत ही मुश्किल हो सकता है, इसे जाना और देखें कि आप कितने सही हैं।

अपने परिणामों को हवा की गति, हवा की दिशा और एक पूर्ण मौसम रिपोर्ट के लिए बारिश की गिरावट के साथ जोड़ती है।

8

नींबू पानी पिघल पियो बनाओ

वहाँ बहुत सारे लोग हैं जो चंचल पेय पीना पसन्द करते हैं, तो क्यों न मजेदार विज्ञान प्रयोग करें जो आपको अपने नींबू सोडा के साथ छोड़ने के बाद छोड़ देता है!

यहाँ थोड़ा नींबू और थोड़ा पका हुआ सोडा है और इससे पहले कि आप यह जानते हैं कि आप अपने खुद के फजी पेय बनाने में विशेषज्ञ होंगे। बच्चों के लिए इस मजा प्रयोग के साथ अपना खुद का नींबू पानी के नरम शराबी बनाओ।

आपको किस चीज की जरूरत है

1. नींबू
2. पीने का गिलास
3. पानी
4. 1 चम्मच बैकिंग सोड
5. कुछ चीनी इसे मीठा बनाने के लिए

निर्देश

1. नींबू से जितना रस आप कांच में कर सकते हैं उतना ही दबाएं।
2. नींबू के रस के रूप में पानी की समान मात्रा में डालें।

3. बेकिंग सोडा के चम्मच में हलचल।
4. मिश्रण को एक स्वाद दें और कुछ चीनी में जोड़ें यदि आपको लगता है कि मीठा होने की जरूरत है।

क्या हो रहा है?

जो मिश्रण आप बनाते हैं वह फुंकला हुआ और नींबू पानी, सोडा, फिजी या शीतल पेय की तरह स्वाद लेना चाहिए, यदि आप कुछ चीनी जोड़ते हैं तो यह एक दुकान पर खरीदा जा सकता है जैसे नींबू का स्वाद वाला शीतल पेय। बुलबुले जो कि जब आप नींबू मिश्रण में बेकिंग सोडा जोड़ते हैं तो कार्बन डाई ऑक्साइड (CO_2) होते हैं, ये समान बुलबुले होते हैं जो आपको उचित फिजी पेय में मिलेंगे। बेशक वे कुछ अन्य स्वादिष्ट स्वीटर्स जोड़ते हैं लेकिन यह आपके द्वारा किए गए कार्यों से बहुत अलग नहीं है। यदि आप सोच रहे हैं कि कार्बन डाई ऑक्साइड बुलबुले कैसे बनते हैं, तो यह इसलिए था क्योंकि आपने नींबू (एसिड) को बेकिंग सोडा (आधार) में जोड़ा था, जब आपने एक रासायनिक प्रतिक्रिया बनाई थी।

9

CO_2 के साथ गुब्बारे उड़ाना

रासायनिक प्रतिक्रियाएँ कुछ महान प्रयोगों के लिए बनाती हैं। एक साफ्ट ड्रिंक बोतल के माध्यम से और आपके इन्तजार के गुब्बारे के माध्यम से गैस को फेंकने से बेकिंग सोडा और नींबू के रस की प्रतिक्रिया से प्रदत्त कार्बन डाई ऑक्साइड का उपयोग करें।

आपको किस चीज की जरूरत है

1. गुब्बारा
2. लगभग 40 मिलीलीटर पानी (एक कप 250 मि.ग्रा. है, इसलिए आपको ज्यादा आवश्यकता नहीं है)
3. शीतल पेय की बोतल
4. पीने की नली
5. एक नींबू से रस
6. 1 चम्मच बेकिंग सोडा

निर्देश

1. आरम्भ करने से पहले, सुनिश्चित करें कि आप गुब्बारे को फैलाने के लिए जितना सम्भव हो उतना आसान बनाने के लिए इसे बाहर कर दें।
2. शीतल पेय की बोतल में 40 मिलीलीटर पानी डालें।

3. बेकिंग सोडा के चम्मच को जोड़ें और जब तक यह भंग न हो जाए तब तक इसे पुआल के साथ हलके रखें।
4. नींबू का रस डालो और जल्दी से बोतल के मुँह पर बढ़ाकर गुब्बारा डालो।

क्या हो रहा है?

अगर सब ठीक हो जाए तो आपका गुब्बारा बढ़ना चाहिए! बेकिंग सोडा में नींबू का रस जोड़ना एक रासायनिक प्रतिक्रिया बनाता है बेकिंग सोडा एक आधार है, जबकि नींबू का रस एक एसिड होता है, जब दोनों गठबन्धन करते हैं तो वे कार्बन डाई ऑक्साइड (CO_2) बनाते हैं। गैस बढ़ जाती है और शीतल पेय की बोतल के माध्यम से बच जाती है, लेकिन यह गुब्बारे से बाहर निकलती नहीं है, इसे बाहर की ओर धकलने और इसे उड़ाते हुए। यदि आपके पास कोई नींबू नहीं है तो आप सिरका के लिए नींबू का रस बदल सकते हैं।

10

आहार कोक और मेंटोस विस्फोट

आधुनिक समय के सबसे लोकप्रिय प्रयोगों में से एक आहार कोक और मेंटोस गीजर है। स्टीव स्पैंगलर द्वारा लोकप्रिय बनाया, यह प्रयोग बहुत मजा और अपने दोस्तों और परिवारों को विस्मित करना सुनिश्चित करना है (यह मानते हुए कि आप इसे लिविंग रूम के बजाय बाहर करते हैं)।

आपको किस चीज की जरूरत है

1. आहार कोक की बड़ी बोतल
2. मेन्टोस के आधे से ज्यादा पैक
3. गीजर ट्यूब

निर्देश

1. सुनिश्चित करें कि आप इस प्रयोग को ऐसी जगह पर कर रहे हैं जहाँ आपको हर जगह आहार कोक प्राप्त करने में परेशानी नहीं होगी। कुछ घास के बाहर एकदम सही है, कृपया अपने परिवार के लाउंज में यह कोशिश न करें!
2. आहार कोक को सीधे खड़े रखें और ढक्कन को खोलें। किसी प्रकार का फनल या ट्यूब को इसके ऊपर रखें ताकि आप एक ही समय में मार्टोस को छोड़ दें (लगभग आधा पैक

एक अच्छी रकम है)। अगर आपके पास विशेष रूप से डिजाइन किए गए गीजर ट्यूब नहीं हैं तो यह हिस्सा कड़ी मेहनत कर सकता है, मैं एक स्थानीय स्टोर जैसे कि नेचरर्स डिस्कवरीज़ (एनजेड) या ऑनलाइन से एक खरीदने की सलाह देता हूँ।

3. मजेदार भाग के लिए मंटोस को आहार कोक में छोड़ दें और पागल की तरह चलाएँ! यदि आपने इसे ठीक से किया है तो आहार कोक का एक बड़ा गीजर बोतल से बाहर आ जाना चाहिए, यह एक बहुत ही प्रभावशाली दृष्टि है। रिकॉर्ड 9 मीटर (29 फुट) ऊँचा है!

क्या हो रहा है?

यद्यपि इसके कुछ अलग सिद्धान्त हैं कि यह प्रयोग कैसे काम करता है, सबसे अधिक अनुकूल कारण कार्बन डाई ऑक्साइड के आहार कोक के संयोजन और मेंटोस कैंडी के टुकड़ों में पाए जाने वाले छोटे डिप्लेंस के कारण है।

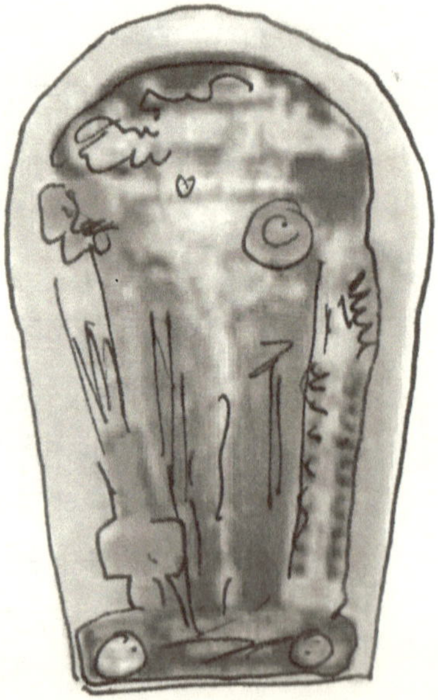

सोडा के शक्कर में आने वाली चीज कार्बन डाई ऑक्साइड है जो कि फैक्ट्री में पेय की बोतल में पम्प करती है। जब तक आप उसे एक गिलास में डालना और इसे पीना नहीं देते, तब तक इसे जारी नहीं किया जाता है, जब आप ढक्कन को खोलते हैं तो कुछ भी निकल जाते हैं (अधिक

अगर आप इसे पहले से हिलाते हैं)। इसका मतलब यह है कि कार्बन डाई ऑक्साइड गैस का बहुत बड़ा हिस्सा सिर्फ बुलबुले के रूप में तरल से बचने के लिए इन्तजार कर रहा है।

आहार कोक में कुछ छोड़कर तरल की सतह तनाव को तोड़ने और बुलबुले को मंटोस के सतह क्षेत्र पर बनाने की अनुमति देकर इस प्रक्रिया को गति प्रदान करता है। Mentos कैंडी टुकड़े छोटे dimples (एक गोल्फ की गेंद की तरह एक बिट) में कवर किया जाता है, जो नाटकीय रूप में सतह क्षेत्र बढ़ता है और बुलबुले की एक बड़ी मात्रा में फार्म करने के लिए अनुमति देता है।

यह प्रयोग थोड़ा अलग सामग्रियों और तथ्य यह है कि यह इतना चिपचिपा नहीं है के कारण अन्य सोडा की तुलना में आहार कोक के साथ बेहतर काम करता है। मुझे यह भी पता चला है कि हाल ही में बोतल बन्द डाइट कोक की पुरानी बोतल की तुलना में बेहतर काम किया गया था, जो शायद कुछ देर तक दुकान की अलमारियों पर बैठा हुआ कुछ फुट खो गया हो, बस तिथि के लिए बोतल की जाँच करें।

11

एक मैजिक में आइस क्यूब्स काटें

थोड़े दबाव की मदद से बर्फ की पिघलने की प्रक्रिया को गति दें। आइस स्कीट का आधे भाग में जादू की तरह कट करें, जबकि सीखने की प्रक्रिया आइस स्केटिंग से सम्बन्धित है।

आपको किस चीज की जरूरत है

1. एक बर्फ घन
2. वजन के साथ मछली पकड़ने की रेखा का टुकड़ा (जितना अधिक भारी होता है) प्रत्येक छोर से बँधा है।
3. एक बक्सा
4. चीजों को गीली होने से बचाने के लिए कुछ ट्रे।

निर्देश

1. कंटेनर को उल्टा मुड़ें और इसे ट्रे पर रखें।
2. उल्टे कंटेनर के ऊपर बर्फ क्यूब को रखें।
3. बर्फ क्यूब पर मछली पकड़ने की रेखा को आराम दें जिससे कि

कंटेनर के किनारे पर वजन काटा जा सके।

4. इसे लगभग 5 मिनट के लिए देखें।

क्या हो रहा है?

दो भार से दबाव को बर्फ की घन के माध्यम से सीधी मछली पकड़ने की रेखा के नीचे पिघलने से स्ट्रिंग खींचती है। यह आइस स्केटिंग के समान है जहाँ एक स्केटर के ब्लेड बर्फ के नीचे सीधे पिघलता है, स्केटर पानी की पतली परत पर आसानी से स्थानान्तरित करने की इजाजत देता है।

12

स्थिर विद्युत प्रयोग

कहते हैं कि विपरीत आकर्षित होते हैं और ये मजेदार स्थैतिक बिजली प्रयोगों के साथ सख्त नहीं हो सकते। कुछ बुनियादी वस्तुओं का उपयोग करके सकारात्मक और नकारात्मक रूप से चार्ज किए गए कणों के बारे में जानें, क्या आप नियन्त्रित कर सकते हैं कि क्या वे एक-दूसरे के लिए आकर्षित या अनकही होंगे?

आपको किस चीज की जरूरत है

स्ट्रिंग के साथ 2 फुलाए गुब्बारे संलग्न

1. आपके बाल
2. एल्यूमीनियम
3. ऊनी कपड़े

निर्देश

1. ऊनी कपड़े के खिलाफ 2 गुब्बारे को एक करके एक करके, फिर गुब्बारे को एक साथ ले जाने का प्रयास करें, क्या वे चाहते हैं या वे एक-

दूसरे के लिए नाकाम हो गए हैं?

2. गुब्बारे में से 1 को अपने बालों पर आगे पीछे कीजिए, फिर धीरे-धीरे इसे दूर खींच दें, किसी को पास के किसी से पूछें कि वे क्या देख सकते हैं या अगर दर्पण में देखने का कोई और नहीं है।
3. एक टेबल पर अपनी तरफ एल्यूमीनियम डाल कर रख सकते हैं, अपने बालों पर गुब्बारे को रगड़ने के बाद फिर से गुब्बारे को पकड़ कर पकड़ कर देख सकते हैं क्योंकि यह धीरे-धीरे गुब्बारे को दूर कर सकता है और यह उनका अनुसरण करेगा।

क्या हो रहा है?

ऊनी कपड़े के खिलाफ गुब्बारे रगड़ना या आपके बाल स्थिर बिजली बनाता है इसमें नकारात्मक आरोप लगाए गए कणों (इलेक्ट्रॉनों) को सकारात्मक रूप से चार्ज किए गए ऑब्जेक्ट्स पर कूद करना शामिल है। जब आप गुब्बारे को अपने बालों या कपड़े से रगड़ते हैं, तो वे नकारात्मक रूप से आरोप लगाते हैं, उन्होंने कुछ ईंधन को बाल से लिया है।

13

मूव पर जल अणु

यह प्रयोग परीक्षण के लिए महान है। यदि गर्म पानी के अणु वास्तव में ठंडे लोगों की तुलना में तेजी से आगे बढ़ते हैं। कुछ पानी डालें, कुछ रंगों में रंग भरें और परिणाम की तुलना करें।

आपको किस चीज की जरूरत है

1. गर्म पानी से भरा एक स्पष्ट गिलास
2. ठंडे पानी से भरा एक स्पष्ट गिलास
3. खाद्य रंग
4. एक आँख ड्रॉपर

निर्देश

1. पानी की एक ही राशि, एक ठंडा और एक गर्म के साथ चश्मा भरें।
2. दोनों चश्मे के रूप में जितनी जल्दी हो सके खाना रंग भरने के एक बूंद रखें।
3. देखो क्या खाना रंग भरने के लिए होता है।

क्या हो रहा है?

यदि आप बारीकी से देखते हैं तो आप देखेंगे कि भोजन के रंग

को ठंडा होने से गर्म पानी में तेजी से फैलता है। गर्म पानी में अणु तेजी से बढ़ता जा रहा है, जो ठंडे पानी के अणुओं की तुलना में तेजी से खाना रंग में फैल रहा है, जो धीमी गति से प्रेरित है।

14

चुम्बकीय कीचड़

चलो ईमानदार होना कीचड़ के साथ खेलने के लिए मजेदार है और क्या मजेदार बढ़ाना बेहतर तरीका है, फिर कीचड़ को चुम्बन करके? अन्तहीन मनोरंजन।

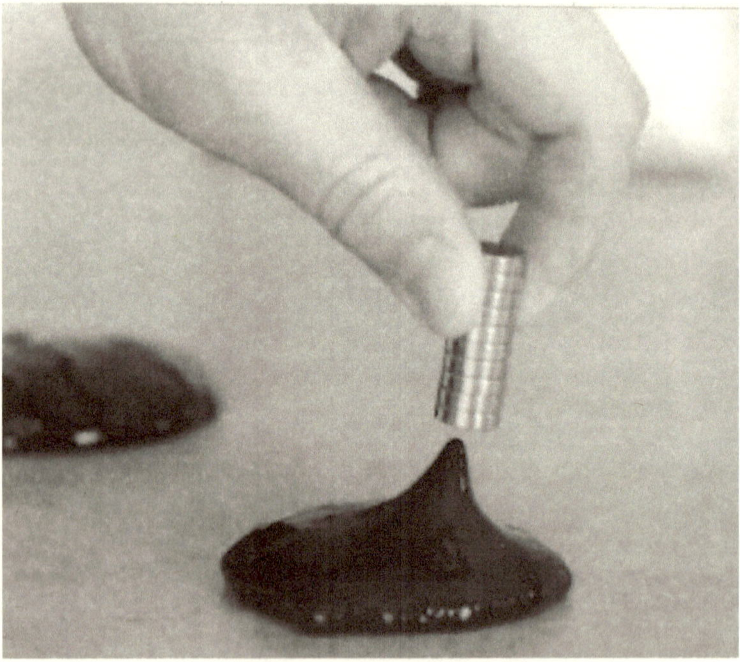

क्या आप जानते हैं कि चुम्बकीय चुम्बकीय बनाने सम्भव है? मैंने या तो तब तक नहीं किया जब तक मैंने चुम्बकीय मूर्खतापूर्ण

पोटीन बनाने के बारे में instructables से pinterest पर कोई पद पाया। मैं वास्तव में मूर्खतापूर्ण पोटीन के बजाय इस कीचड़ नुस्खा की सिफारिश—उस पर एक मिनट में अधिक। लेकन पहले, जाँच करें कि चुम्बकीय कीचड़ क्या कर सकती है!

चुम्बकीय कीचड़ वास्तव में अपने आपसे खेलने के लिए मजेदार है यह फैला और स्क्वैश करता है। यदि आप इसे पकड़ते हैं, तो यह एक लम्बी फंकी में फर्श पर गिर जाता है! चुम्बक नाटक के ततव को जोड़ने से यह और भी अधिक अद्भुत बनाता है यह आपकी कार्य-सूची को बरसात के दिन, स्प्रिंग ब्रेक या ग्रीष्म के लिए एक शानदार प्रोजेक्ट है! यह विज्ञान क्लब या स्काउटिंग समूह के लिए एक महान समूह गतिविधि भी करेगा।

बिना छूए एक तरल कदम देखने के बारे में कुछ ऐसा है...इतना आकर्षक! अपनी चुम्बकीय कीचड़ बनाने के लिए, आपको निम्न की आवश्यकता होगी।

जिसकी हमें जरूरत है

तरल स्टार्च

1. हमने स्टे फ्लोट लिक्विड स्टार्च का इस्तेमाल किया। मुझे इसे क्रोगर पर मिला, लेकिन लक्ष्य या वॉलमार्ट पर नहीं मिला।
2. एल्मर की गोंद
3. आयरन ऑक्साइड पाउडर
4. मिश्रण करने के लिए डिस्पोजेबल कटोरे—व्यंजनों से बाहर कीचड़ धोना बचाता है! हम सरगर्मी के लिए शिल्प की छड़ें इस्तेमाल करते हैं।

एक neodymium (दुर्लभ पृथ्वी) चुम्बक

एक नियमित चुम्बक पर्याप्त मजबूत नहीं होगा। सेट कि हम अमेजॅन से आदेश दिया अब उपलब्ध नहीं है, लेकिन यहाँ कुछ इसी

तरह की है–10 neodymium डिस्क मैग्नेट। और यहाँ केवल 3 मैग्नेट के साथ एक विकल्प है, लेकिन वे मोटे होते हैं (चिप की सम्भावना कम)–3 neodymium डिस्क मैग्नेट। एक और–यह एक लम्बा सिलेंडर है–नीयोडियम सिलेंडर चुम्बक।

चुम्बकीय कीचड़ बनाने के लिए यहाँ बताया गया है–

1. डालो
2. एक चौथा कप सफेद स्कूल गोंद और मिश्रण जोड़ें। यह एक बड़ी गड़बड़ की तरह दिखाई देगा जो कुछ भी नहीं बदलेगा, लेकिन सरगर्मी रहें!
3. कटोरा से कीचड़ निकालकर अपने हाथों से मिलाएँ। स्क्विश और स्क्विश जब तक यह अच्छी तरह मिश्रित न हो। कटोरे में कुछ तरल बचा होगा जो कि कीचड़ का हिस्सा नहीं है, और यह ठीक है। आपके हाथ बहुत काला हो जाएँगे, और आपको तुरन्त इसे धोना चाहिए। हमारे हाथों पर हमारे नाखूनों और थोड़ी-सी धुँधली के पास हमारे पास काली छोड़ दिया गया था, लेकिन यह ज्यादातर दिन अगले दिन चला गया था।

   यदि आप अपने नाखूनों के आसपास काले रंग का एक प्रशंसक नहीं हैं, तो डिस्पोजेबल दस्ताने उस समस्या को हल करेंगे।
4. किसी भी अतिरिक्त तरल से छुटकारा पाने के लिए एक कागज तौलिया के साथ कीचड़ की सूखी पॅट करें समाप्त कीचड़ आपके हाथों को काला नहीं कर देगा, लेकिन अतिरिक्त तरल होगा। एक बार कीचड़ 'सूखी' होती है, इसे खेलने के लिए तैयार है!

हमने उन दोस्तों के साथ एक खेल की तारीख के रूप में अपनी गुनगुना की है जो चार लड़के भी हैं इतना मजा! 5 से 12 की उम्र के

सभी लोगों ने इसका आनन्द लिया! हमने गन्दगी को कम करने के लिए एक समय में 2 बच्चों के साथ कीचड़ को मिला दिया। काउंटर की रक्षा के लिए मैंने चर्मपत्र कागज का एक बड़ा टुकड़ा डाल दिया था, लेकिन हमें काउंटर पर कीचड़ झोंपड़ी को पोंछते हुए कोई परेशानी नहीं हुई थी, कोई दाग नहीं है, लेकिन हमारा सफेद नहीं है यदि आपके पास बहुत ही हल्के काउंटर का मुकाबला है तो आप उसे सिर्फ मामले में कवर कर सकते हैं।

हमारे एक मित्र ने यह सोचा कि वह कीचड़ के साथ एक बुलबुला उड़ा सकता है—यह वास्तव में आश्चर्यजनक सामान है!

महत्वपूर्ण नोट

- neodymium मैग्नेट अत्यन्त मजबूत हैं! मैग्नेट को अलग करने की कोशिश करते वक्त फिंगर्स आसानी से पीस सकता है, इसलिए हमने हमारे अलग नहीं किए। (प्लस, वे छोटे हैं, उनमें से पूरे स्टैक युवा लड़कों के लिए लटका के लिए आसान था।) मैग्नेट को सेलफोन, कम्प्यूटर और अन्य इलेक्ट्रॉनिक्स से दूर रखना सुनिश्चित करें! यह भी सुनिश्चित करें कि कोई भी उन्हें अपने मुँह में नहीं डालता—अगर निगल लिया तो ये बहुत खतरनाक होगा कुल मिलाकर, यह उन बच्चों के लिए एक परियोजना नहीं है, जो अभी भी अपने मुँह में चीजें डालते हैं।
- आयरन ऑक्साइड पाउडर सांस लेने के लिए अच्छा नहीं है। यही कारण है कि हम तरल स्टार्च के साथ हमारे लोहे को मिश्रित करते हैं। प्रशिक्षुओं के पद पर, वे लोहे के पाउडर को सीधे तैयार किए गए मूर्ख पोटीन में सीधे मिश्रण करने की सलाह देते हैं। ऐडान और मैंने ऐसा करने की कोशिश की कि हमारे दोस्तों के आने से एक दिन पहले,

सिवाय इसके कि हम अपने घर का बना मूर्ख पोटीनी नुस्खा का इस्तेमाल किया। लोहे के पाउडर के साथ कार्य करना एक तरल में इसे सरगर्मी से अधिक गन्दा था, और हमें मूर्खतापूर्ण पोटीन के मिश्रण के लिए बहुत परेशानी थी। मैं मूर्खतापूर्ण पोटीन का उपयोग करने के बजाय कीचड़ मार्ग जाना चाहता हूँ, खासकर छोटे बच्चों के लिए।

15

एक बड़ी सूखी बर्फ का बुलबुला बनाओ

मजेदार सूखी बर्फ का बुलबुला बनाओ जो कि बढ़ेगी और बढ़ेगा क्योंकि यह धुन्ध के साथ भर जाता है यह प्रयोग बच्चों के साथ करने के लिए वयस्कों के लिए एक महान एक है। सूखे बर्फ में पानी जोड़ें, इसे साबुन पानी की एक परत के साथ कवर करें और अपने बुलबुले के बढ़ने को देखें, इससे पहले कि यह फटने लगेगा वह कितना बड़ा होगा? इसे एक कोशिश दे दो और पता करें।

आपको किस चीज की जरूरत पड़ेगी

1. पानी
2. शीर्ष के आसपास एक होंठ के साथ एक बड़ा कटोरा (एक छोटा कटोरा या कप भी काम करेगा)
3. सामग्री या कपड़ा की एक पट्टी
4. बुलबुले बनाने के लिए साबुन का मिश्रण (पानी और कुछ डिशवैशिंग तरल को चाल करना चाहिए
5. सूखी बर्फ—एक कप के लिए एक टुकड़ा, एक कटोरे के लिए और अधिक ऐसे स्थान जहाँ वयस्क सूखी बर्फ खरीद सकते हैं जिनमें बड़ी किराने की दुकानों और वॉलमार्ट शामिल हैं कसाई और आइस्क्रीम स्टोर में कुछ भी हो सकते हैं

सुरक्षा पहले! सूखी बर्फ से सावधानी बरतें क्योंकि यह सुरक्षित

रूप से उपयोग नहीं किए जाने पर त्वचा के नुकसान का कारण हो सकता है वयस्कों को दस्ताने के साथ सूखी बर्फ सँभालना चाहिए और वाष्प में सीधे श्वास से बचने से बचें।

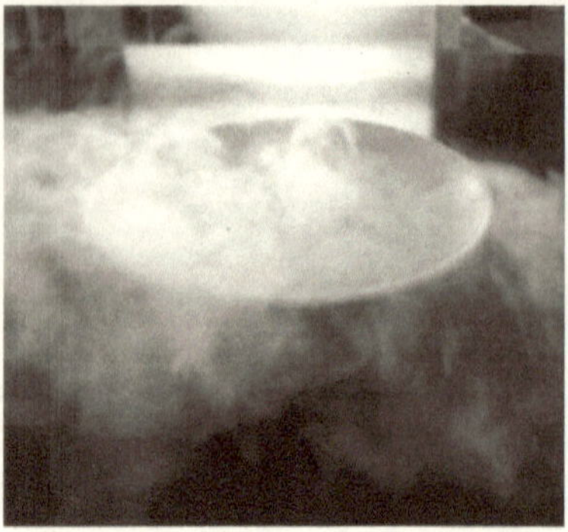

निर्देश

1. कटोरे में अपनी सूखी बर्फ रखें और कुछ पानी जोड़ें (यह एक डरावना कड़ाही की तरह दिखना शुरू कर देना चाहिए)
2. सामग्री को अपने साबुन के मिश्रण में भिगोएँ और कटोरे के होंठ के चारों ओर इसे कटोरे के ऊपर खींचकर सूखा बर्फ पर एक बुलबुला परत बनाने के लिए इसे चलाने के लिए चलाएँ।
3. वापस खड़े रहें और अपना बुलबुला बढ़ो!

क्या हो रहा है?

सूखी बर्फ अपने ठोस रूप में कार्बन डाई ऑक्साइड (CO_2) है। –56.4 डिग्री सेल्सियस (–69.5 डिग्री फारेनहाइट) से ऊपर के तापमान पर, सूखी बर्फ सीधे एक ठोस से गैस में बदल जाता है, कभी भी तरल पदार्थ के बिना। इस प्रक्रिया को ऊष्मायन कहा जाता है जब सूखी बर्फ को पानी में डाल दिया जाता है तो यह उच्च बनाने की क्रिया को गति देता है, कोहरे का बादल बनाने से आपके सूर्ख बर्फ बुलबुले को भरने तक दबाव बढ़ जाता है और बुलबुला फट जाता है, कटोरे

के किनारे पर कोहरे फैलाते हैं। सूखा बर्फ कभी-कभी थिएटर प्रस्तुतियों और प्रदर्शन के एक भाग के रूप में घने धूमिल प्रभाव बनाने के लिए उपयोग किया जाता है। इसका उपयोग भोजन, फ्रीज लैब नमूने और आइस्क्रीम बनाने के लिए भी किया जाता है!

16

आश्चर्यजनक वजन बड़े और हल्के भारी और छोटे

पहले ग्रेडर आमतौर पर कंक्रीट से सोचना पसन्द करते हैं तो अगर यह एक चट्टान है, तो यह भारी है अगर यह किशमिश का एक छोटा-सा बॉक्स है, तो यह प्रकाश है सही? खैर, हमेशा नहीं...और यह खोज अक्सर छोटे बच्चों के लिए मन—यह भी बहुत महत्वपूर्ण है क्योंकि वे अपने विज्ञान के समूह का निर्माण करते हैं; बाद में ग्रेड में बच्चों वास्तव में मात्रा, द्रव्यमान, और माप के औपचारिक वैज्ञानिक अवधारणाओं का अध्ययन करेंगे। युवा वैज्ञानिकों में सोच कौशल विकसित करने और नए तरीकों से दुनिया की तलाश में विस्फोट करने के लिए प्रोत्साहित करने के लिए यहाँ एक मजेदार गतिविधि है

जिसकी आपको जरूरत है

1. घर के चारों ओर से वस्तुओं की विविधता, (उदाहरण—खाली अंडा दफ्ती, पूर्ण रस बॉक्स, सेब, केला, किशमिश के बाक्स, खिलौना ब्लॉक, पत्रिका, छोटे विकर टोकरी, चित्र फ्रेम, टूथब्रश, कॉफी मग)
2. रसोई स्केल (छोटी वस्तुओं के लिए)
3. स्नानघर पैमाने (बड़े आइटम के लिए)
4. लाइन वाला पेपर
5. क्लिपबोर्ड
6. पेंसिल

आप क्या करते हो?

1. इसे सेट करें। अपने बच्चे को यह बताकर शुरू करें कि आप कुछ विज्ञान एक साथ कर देंगे। आप कुछ नियमित चीजों को देखकर और अनुमान लगाकर शुरू कर देंगे (अनुमान है) जिसके बारे में एक भारी है अपने युवा वैज्ञानिक की जानकारी की जाँच करें—हम कैसे जानते हैं कि अन्य वस्तुओं की तुलना में कौन-सी चीजें भारी होती हैं? जवाब की अपेक्षा करें, 'मैं उन्हें पकड़ लूँगा,' और यदि आपका बच्चा जोड़ता है, 'ड्यूह' नहीं है तो आश्चर्यचकित न हो।) जारी रखें, हालाँकि, अपने बच्चे को याद दिलाएँ कि वह बिल्कुल सटीक है, उसे भी वजन की आवश्यकता होगी सामान। अपने पैमाने पर निर्भर करते हुए, आप या तो पौंड और ओंस या ग्राम में वजन की अवधारणा को पेश करना चाह सकते हैं। अब अपने बच्चे को उसकी लाइन पेड पर 'अवलोकन' चार्ट बनाने में मदद करें शीर्ष पर 'भारी या हल्की' लिखें, और फिर आधे लम्बाई में कागज को गुना करें। वह चार्ट का

उपयोग ऑब्जेक्ट्स के नाम, या उनकी पसन्द की तस्वीर लिखने के लिए करेंगे, और रिकॉर्ड करने के लिए जो भारी या हल्का है।

2. आइटम इकट्ठा। एक टेबल या काउंटरटॉप पर चुने हुए सभी ऑब्जेक्ट इकट्ठा करें अपने बच्चे से नाम या दो वस्तुओं को इंगित करें। उन वस्तुओं को ले जाएँ ताकि वे एक दूसरे के बगल में हों और और दूसरे ऑब्जेक्ट से अलग हो जाएँ। यह कदम आपके लिए महत्वपूर्ण है, क्योंकि आपके बच्चे को गतिविधि में बाद में वस्तुओं को सँभालने का मौका मिलेगा।
3. भविष्यवाणियाँ करें अपने बच्चे को सिर्फ उन दोनों वस्तुओं को देखने के लिए कहें जो उन्होंने चुनी उनकी ऊँचाई, लम्बाई, आकार और किसी भी अन्य विशेषताओं को देखें उसे पूछने के लिए कहो, सिर्फ उनको देखकर, जो वह सोचते हैं वह भारी है।
4. का मूल्यांकन करें। एक बार आपके बच्चे ने अनुमान लगाया है, उसे वस्तुओं को लेने के लिए कहें आदर्श रूप से प्रत्येक हाथ में एक सबसे अच्छा काम करता है, लेकिन यदि कोई ऑब्जेक्ट बहुत भारी है, तो इसे व्यक्तिगत रूप से उठाया जा सकता है। अपने बच्चे से पूछें कि क्या वह अपने अनुमान को बदलना चाहती है या उसे वही रखना चाहती है।
5. एक रसोई या बाथरूम के पैमाने (जो भी अधिक उपयुक्त है) का उपयोग करना। दो वस्तुओं का वजन। क्या आपका बच्चा सही था? यदि नहीं, तो क्या वह सोच सकती है कि उनका अनुमान गलत क्यों था? इस बात के बारे में बात करें कि पैमाने एक वस्तु के द्रव्यमान (वजन) को कैसे मापता है, लेकिन कुछ चीजों में बहुत अधिक मात्रा वाले आकार (आकार) हो सकते हैं अवलोकन चार्ट पर अपने नाम या तस्वीर के

नीचे प्रत्येक वस्तु का वजन लिखें।

6. दोहराएँ। उन वस्तुओं को एक तरफ रखें और अपने बच्चे से तुलना करने के लिए दो और अधिक चुनें।

जब तक आपका बच्चा गतिविधि में दिलचस्पी लेता है तब तक इन चरणों को दोहराएँ...और आप नई चीजों का पता लगाने के रूप में इसे बाहर खींचने में संकोच न करें, चाहे वह समुद्र के किनारे से या जंगलों के पेनेकोस से हो। दुनिया रोमांचक अनुस्मारकों के साथ crammed है कि जब वह मात्रा और द्रव्यमान की बात आती है, तो आप जो भी देखते हैं वह हमेशा आपके लिए क्या नहीं होता...और यह वास्तव में बहुत ही शान्त बात है।

17

हवा का दबाव दिख रहा है

यदि आपका बच्चा चीजों को उड़ाने के विचार में खुशी के लिए कूदता है, तो वह वास्तव में बोतल ब्लो-अप प्रयोगों का आनन्द उठाएगी। यद्यपि उसकी उत्तेजना अस्थायी रूप से मर जाती है, जब उसे पता चलता है कि केवल एक चीज उड़ा रही है तो गुब्बारा है, जब वह जानती है कि वह विभिन्न बलों का उपयोग करके गुब्बारे को उड़ा सकती है, तो उसे जल्दी से राज किया जाएगा, जिनमें से कोई भी उसके फेफड़ों से गुब्बारे में हवा को मजबूर करना नहीं चाहता है। ये प्रयोग लाटेकस गुब्बारे के साथ सबसे अच्छा काम करते हैं हालाँकि शुरू करने से पहले, सुनिश्चित करें कि आपके प्रतिभागियों में से कोई भी लेटेक्स एलर्जी नहीं है।

कौशल का अभ्यास किया जा रहा है

1. वैज्ञानिक पूछताछ कार्बन डाई ऑक्साइउ गैस की शक्ति का निरीक्षण
2. हवा के दबाव की शक्ति का निरीक्षण
3. बेकिंग सोडा गुब्बारा उड़ा-अप प्रयोग

   यह प्रयोग बेकिंग सोडा और सिरका के संयोजन द्वारा बनाई डाई रासायनिक प्रतिक्रिया की शक्ति को दर्शाता है। यह एक गुब्बारा उड़ा देने के लिए पर्याप्त शक्तिशाली है।

जिसकी आपको जरूरत है

1. खाली पानी की बोतल
2. मध्यम आकार का गुब्बारा
3. कीप
4. सिरका
5. बेकिंग सोडा

एक हाइपोथीसिस बनाएँ

अपने बच्चे से यह भविष्यवाणी करने के लिए कहें कि जब आप एक बोतल में बेकिंग सोडा और सिरका जोड़ते हैं तो क्या होगा। अगर वह कभी विज्ञान-निष्पक्ष ज्वालामुखी को देखती है, तो उसे याद दिलाने का एक अच्छा समय है कि ये ज्वालामुखी में इस्तेमाल की जाने वाली समान सामग्री हैं। उसे भविष्यवाणी करने के लिए कहें कि क्या होगा अगर आप एक ही सामग्री को जोड़ते हैं, लेकिन एक गुब्बारे के साथ बोतल के ऊपर कवर करते हैं।

कैसे खेलें

1. सिरका के साथ एक तिहाई भरा एक साफ, खाली पानी की बोतल भरें।
2. गुब्बारे की गर्दन में एक फनल रखें, और इसे पकड़ कर रखें जैसे आपका बच्चा गुब्बारे को आधे रास्ते के बारे में भरने के लिए पर्याप्त बेकिंग सोडा में डालता है।
3. गुब्बारे की गर्दन से फलन को पर्ची पर लटका दें। अपने बच्चे से गुब्बारे के हिस्से को पकाने वाले सोडा के किनारे और नीचे की तरफ दबाएँ, कयोंकि आप बोतल के गर्दन पर गर्दन की गर्दन को फैलाने के लिए सावधान रहें और किसी भी बेकिंग सोडा में न जाने दें। बोतल। सुनिश्चित करें कि यह

सुरक्षित है।

4. अपने बच्चे को धीरे से बोतल पर गुब्बारा उठाएँ, और बेकिंग सोडा को अन्दर डाल दें।
5. अपने बच्चे से अलग होने के लिए कहें। उसे सुनकर बोतल को सावधानी से देखें जैसा कि आप झटके और कर्कश आवाज सुनना शुरू करते हैं, बेकिंग सोडा और सिरका समाधान बनाता है, गुब्बारे की गर्दन को पकड़ो।
6. देखो के रूप में गुब्बारा फुलाओ शुरू होता है!

क्या चल रहा है

जब बेकिंग सोडा और सिरका मिलाए जाते हैं, तो सिरका में एसिटिक एसिड बेकिंग सोडा (कैल्शियम कार्बोनेट) की रासायनिक संरचना को तोड़ता है। कार्बन, कार्बन डाई ऑक्साइड गैस बनाने के लिए बोतल में कुछ ऑक्सीजन के साथ मेल खाता है, जो तब बढ़ता है और गुब्बारा फुलाता है।

18

चमक और विस्फोटक कला

हम विज्ञान और कला को एक साथ लाने के लिए प्यार करते हैं। ऐसा करने के लिए मजेदार तरीका रंग विस्फोट करना है। हमने पेंट बैग विस्फोट करके, फुटपाथ चाक विस्फोट करके और फ्लाइंग चॉक रॉकेट करके यह किया है। हमने हाल ही में थोड़ा अलग और कोशिश की और ग्लोइंग एंड एक्सपोल्ड आर्ट की कोशिश की।

प्रतिक्रिया इस सूत्र द्वारा संक्षेपित है–2 एच 2 ओ 2–2 एच 2 ओ O_2

हाइड्रोजन पेरोक्साइड (एच 2 ओ 2) स्वाभाविक रूप से पानी और ऑक्सीजन में टूट जाता है। यह प्रक्रिया धीमा करने में मदद करने के लिए अपारदर्शी कंटेनर में संग्रहीत है। Catalase (खमीर सहित सभी जीवित चीजों में एक एंजाइम) प्रतिक्रिया को गति देता है डिश साबुन ऑक्सीजन पकड़ता है और बड़ा बुलबुले बनाता है, और भोजन रंग बनाता है यह शान्त दिखता है फोम और बोतल गर्म महसूस करते हैं क्योंकि प्रतिक्रिया एक्सडोर्मीक है–यह ऊर्जा को गर्मी के रूप में जारी करता है।

चमक विस्फोट बैग–भी अधिक विस्फोट, और यह एक अँधेरे में चमक है वैज्ञानिक और कलात्मक, अपने छोटे वैज्ञानिक और आपके छोटे कलाकार के समान! अपने बच्चे को यह गतिविधि ऐसी विस्फोट थी और रंग प्रभाव गम्भीरता से बहुत अच्छा था।

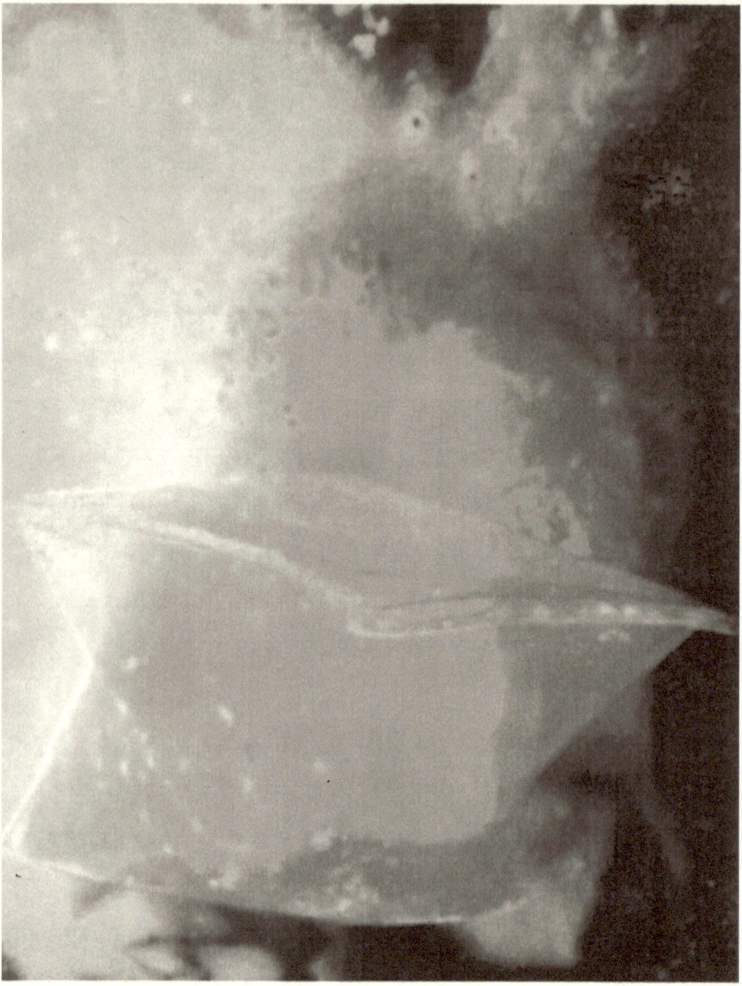

आपको क्या चाहिए

1. घर का चमकदार सिरका
2. जिय सील बैग
3. बेकिंग सोडा
4. टॉयलेट पेपर
5. सूचनापत्रक फलक

6. वैकल्पिक अतिरिक्त—मकई स्टार्च

घर का बना चमकदार सिरका वास्तव में आसान है। आपकी जरूरत है सिरका और आपकी पसन्द का चमकदार रंग (पूर्ण ट्यूटोरियल यहाँ) हमने मकई स्टार्च को जोड़ा हम अपने सिरका को मिला दिया इससे सिरका को अधिक रंग की तरह बनाया गया है, लेकिन यह कदम जरूरी नहीं है। एक बार सिरका को जिस सील बैग में डाल दिया जाता है। आप विभिन्न विस्फोटों के लिए अधिक या कम सिरका के साथ बैग भर सकते हैं। मापने की कोई जरूरत नहीं है।

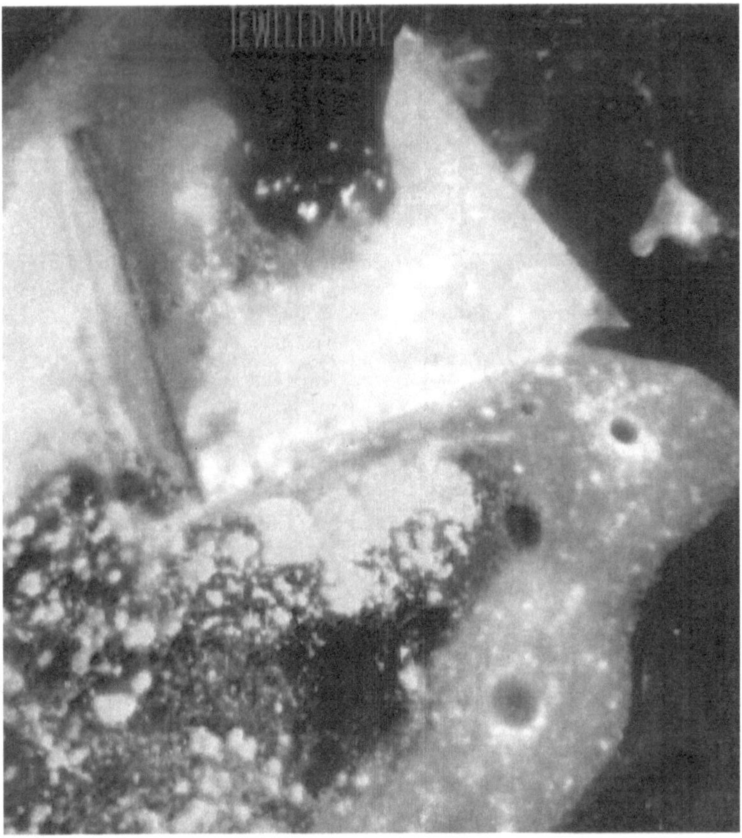

19

इलेक्ट्रोस्कोप इट आउट

इलेक्ट्रोस्कोप एक सरल उपकरण है जो स्थैतिक बिजली को मापता है, या वायुमंडल के स्वतन्त्र रूप से बहने वाले बिजली के आरोप स्थैतिक बिजली घर्षण, या कुछ और के खिलाफ रगड़ के कारण होता है यह बिजली उत्पादन घर्षण बाल के खिलाफ एक कंघी रगड़ के रूप में हानिकारक हो सकता है या जैसे कि बर्फ क्रिस्टल एक गड़गड़ाहट में एक दूसरे के खिलाफ रगड़ के रूप में शक्तिशाली हो सकता है।

जिसकी आपको जरूरत है

1. दोटे कांच का जार
2. तार कोट हैंगर
3. एल्यूमीनियम पन्नी
4. कार्डबोर्ड
5. प्लास्टिक कंघी
6. गुब्बारा
7. पेंसिल
8. सेलोफेन टेप या स्कॉच टेप
9. रबर सीमेंट
10. बिजली का टेप

11. वायर कतरनी
12. चिमटा

आप क्या करते हैं?

1. पिछलग्गू से तार के सीधे टुकड़े काटने के लिए तार कतरनी का प्रयोग करें एक छोर पर एक भाग को एल आकार में मोड़ने के लिए पियर का उपयोग करें।
2. कार्डबोर्ड पर ऊपर की ओर जार बारी, और उद्घाटन के चारों ओर एक वृत्त का पता लगा।
3. सर्कल को काट लें और एक पेंसिल के साथ उसके केन्द्र में एक छोटे से छिद्र बनाएँ।
4. छेद के बारे में 1 इंच (2.5 सेमी) छेद के माध्यम से तार धक्का, सीधे अन्त पहले।
5. जितना सम्भव हो उतना छोटे सिलोफन टेप के साथ, तार के वेंट के अन्त में एल्यूमीनियम पन्नी की एक पट्टी संलग्न करें ताकि पट्टी दो समान आधा में लटका हो।
6. रबड़ को कार्डबोर्ड सर्कल को जार की चोटी पर सीमेंट करके, एल्यूमीनियम पट्टी को इंगित करने वाले तार के वेंट अन्त के साथ।
7. किनारों के चारों ओर के विद्युत टेप रखें जहाँ सर्कल में जार की रिम छूती है, और तार के चारों ओर सीमेंट के एक पतले बैंड को रखिये जहाँ यह कार्डबोर्ड के माध्यम से घूमता है।
8. रबड़ सीमेंट के सूखने के बाद, एल्यूमीनियम पन्नी को एक तंग बॉल में दबाएँ, और उसे तार के शीर्ष पर ध्यान से दबाएँ।
9. प्लास्टिक कंघी या गुब्बारा अपने बालों या कपड़े (ऊन सर्वश्रेष्ठ काम करता है) के खिलाफ रगड़ो, और एल्यूमीनियम

पन्नी गेंद के करीब एक या तो पकड़ो यदि हवा पर्याप्त सूख जाती है, तो ग्लेमर पट्टी के सिरों को अलग से उड़ाना होता है जब कंघी या गुब्बारा गेंद को छूता है।

क्या चल रहा है?

इलेक्ट्रोस्कोप विद्युत प्रभारों के आकर्षण और प्रतिकर्षण को

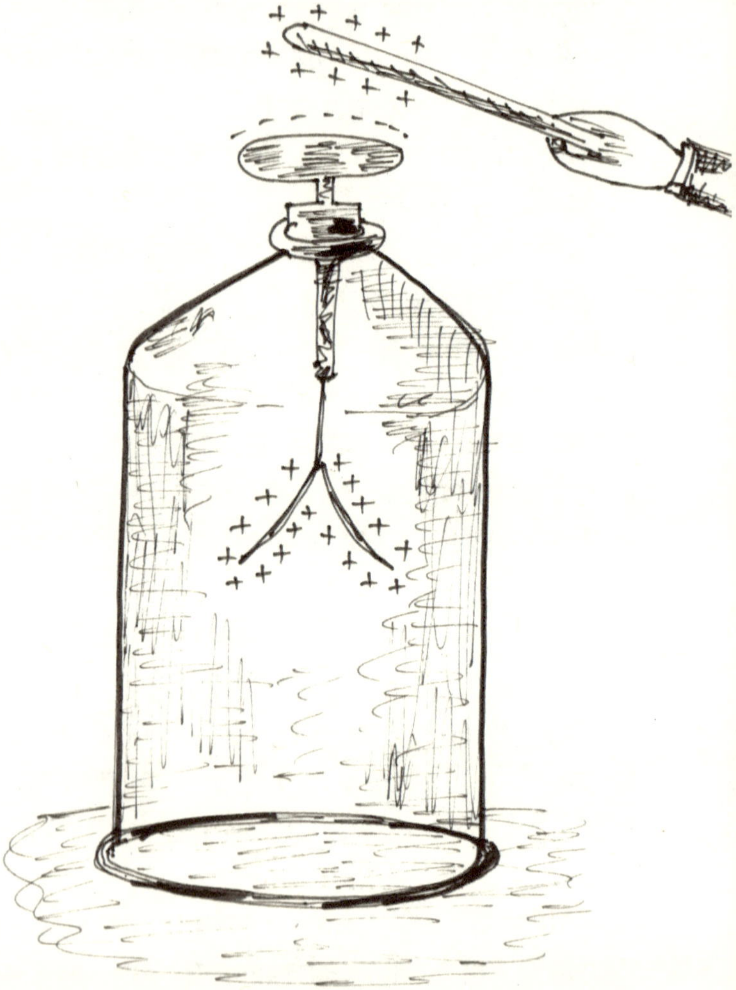

दर्शाता है। सभी बिजली की गतिविधियों, में, जैसे कि प्रभारों को पीछे हटाना और विपरीत शुल्क को आकर्षित करना जब आप कंघी को रगड़ते हैं, तो घर्षण प्लास्टिक में एक सकारात्मक चार्ज बनता है। जब आप एल्यूमीनियम पन्नी गेंद के पास सकारात्मक चार्ज वाले कंजिंग को पकड़ते हैं, तो कंघी नकारात्मक आरोपों को आकर्षित करती है जो तार के माध्यम से आगे बढ़ते हैं जिससे केवल मायलर पट्टी में सकारात्मक शुल्क ही रहें। चूंकि पट्टी के दोनों छोर अब एक ही प्रभार है, पट्टी के छोर से अलग उड़ो!

20

रेड कोबी ऐसिड टेस्ट

रसायन विज्ञान में, यह जानने के लिए कि कौन-सा पदार्थ 'एसिड' हैं, और जो 'कुर्सियाँ' हैं, वह महत्वपूर्ण है आणविक विज्ञान को एक तरफ सेट करना, एसिड और कुर्सियाँ सर्वश्रेष्ठ रूप से एक-दूसरे के विपरीत होने के बारे में सोचा जाते हैं, और दो तरह के पदार्थ एक दूसरे को 'बेअसर' कर सकते हैं, एक भेड़ के समान हाइड्रोक्लोरिक एसिड नम्र जैसे खतरनाक पदार्थों को प्रतिपादित कर सकते हैं। मगर सावधान! दोनों एसिड और कुर्सियाँ खतरनाक रसायनों के जलन पैदा कर सकती हैं, अगर तटस्थ नहीं हैं, तो यह जानना जरूरी है कि कौन-सा आवश्यक है। तो, कैसे एसिड और ठिकानों के लिए परीक्षण करने के लिए? कैमिस्टर्स यह निर्धारित करने के लिए 'संकेतक' का

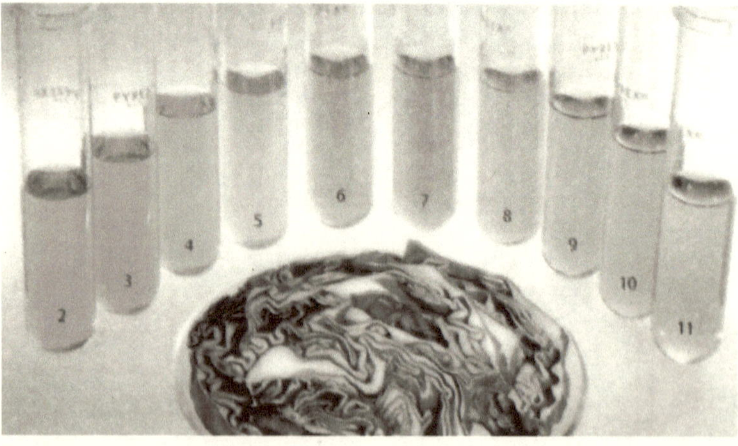

उपयोग करते हैं कि क्या कोई पदार्थ एसिड या बेस है। संकेतक एक एसिड या बेस की उपस्थिति में एक विशिष्ट रंग बदल कर काम करते हैं। इस गतिविधि में आप और आपका बच्चा लाल गोभी से अपना खुद का संकेतक बना सकते हैं, जिसमें एक रासायनिक शामिल होता है जो अपने प्राकृतिक गहरे बैंगनी रंग से एसिड में चमकीले लाल और कुर्सियाँ में हरे रंग से बदलता है।

जिसकी आपको जरूरत है

1. लाल पत्ता गोभी
2. शल्यक स्पिरिट
3. सफेद सिरका
4. घरेलू अमोनिया
5. 3 साफ प्लास्टिक पीने के रूप
6. प्लास्टिक चम्मच
7. सरगर्मी के लिए 3 साफ चम्मच
8. दवा का ड्रॉपर
9. सुरक्षा चश्मे

(यद्यपि निम्न गतिविधि सुरक्षित है, यह हमेशा अच्छा अभ्यास है कि जब भी वह किसी भी तरह की गतिविधि को संचालित करता है, जिसमें आपका रसायनों के साथ काम करना होता है तब भी आपका बच्चा सुरक्षा चश्मा पहनता है।)

आप क्या करते हो?

1. एक कंटेनर में कई लाल गोभी पत्ते रखें, जो मदिरा शराब से भरा होता है। जब तक स्पष्ट शराब गोभी के रूप में एक ही रंग नहीं है, जब तक कि undisturbed बैठने की अनुमति दें।

2. अपने बच्चे को साफ प्लास्टिक के कप में से प्रत्येक में एक चौथाई गोभी का रस डालना है।
3. फिर एक कप के लिए सिरका के आधे चम्मच को जोड़ने और एक साफ चम्मच के साथ हलचल, रंग परिवर्तन को देखकर। सिरका और गोभी का रस मिश्रण एक गहरी बैंगनी से लाल तक बदल जाएगा, यह दर्शाता है कि सिरका एक एसिड है।
4. अगला अमोनिया के आधे चम्मच को दूसरे कप में जोड़ें और एक साफ चम्मच के साथ हलचल करें, रंग परिवर्तन देखिए। (एक अच्छी तरह हवादार क्षेत्र में कार्य करें, और केवल एक छोटी राशि का उपयोग करें। अमोनिया त्वचा, आंखों और फेफड़ों के लिए संक्षारक हो सकता है)। अमोनिया और गोभी का रस मिश्रण बैंगनी से हरे रंग में बदल जाएगा, यह दर्शाता है कि यह एक आधार है।

रंग परिवर्तन काफी नाटकीय हैं और आपके बच्चे से कुछ ऊह और आह्वनों का कारण होना चाहिए। अपने बच्चे को 'तटस्थ' बैंगनी रंग में वापस एसिड (सिरका) में लाल गोभी का रस का रंग बदलने की

कोशिश करें। एक दवा ड्रॉपर का उपयोग करना, अमोनिया की बूंदें जोड़ें और धीरे-धीरे एक साफ चम्मच का उपयोग करें जब तक कि मिश्रण लाल से बैंगनी तक नहीं बदल जाता।

इस गतिविधि के विस्तार के रूप में, अपने बच्चे को एसिड और बेस की उपस्थिति के लिए अन्य आम घरेलू उत्पादों का परीक्षण करने के लिए गोभी का रस का उपयोग करने के लिए प्रोत्साहित करें। आप वयस्कों, ब्लैकबेरी, मूली की खाल, या चेरी के रस से संकेतक बना सकते हैं।

21

घनत्व प्रदर्शन

रसायन विज्ञान के सबक को उबाऊ होने की जरूरत नहीं है। कुछ अंडे और थोड़ा नमक के साथ आप अपने बच्चे को घनत्व की अवधारणा के बारे में सब कुछ सिखा सकते हैं। विज्ञान हर जगह है और महत्वपूर्ण वैज्ञानिक अवधारणाओं का वर्णन करने के लिए आपके स्वयं के रसोई घर में सही है!

जिसकी आपको जरूरत है

1. 2 अंडे
2. 2 साफ चश्मे
3. मापक चम्मच
4. नमक
5. पानी

आप क्या करते हैं?

1. पानी के साथ दो गिलास भरें।
2. एक चम्मच में नमक के एक चम्मच में डाल दिया।
3. प्रत्येक चश्मे में अंडे डालें और देखें कि क्या होता है।
4. अपने बच्चे को दो ग्लास में अंडे का व्यवहार रिकॉर्ड करना है।
5. नमक काँच के लिए अधिक नमक जोड़ने के साथ प्रयोग।

यहाँ क्या चल रहा है?

घनत्व उपाय पदार्थ की मात्रा के सापेक्ष है, जो इस मामले में पानी है। आमतौर पर पीने वाला पानी कम घनत्व होता है, लेकिन जब आप नमक जोड़ते हैं तो पानी को अवशोषित करते हैं।

नमकीन गिलास में अंडा क्यों तैरता है यह जानना उपयोगी है कि नमक एक desiccant है, जिसका अर्थ है कि यह पानी को अवशोषित करता है। इसलिए, जब आप नमक को पानी में डालते हैं, तो नमक अणुओं को पानी के अणुओं से भरा होता है यह बातचीत नमक, पानी और अंडे की एक परत बनाता है, जो नमक परत घुसना करने में असमर्थ है, तैरता है।

22

पॉप बॉटल साइंस

यदि आप हमेशा इस बात से चकित हैं कि आपके बच्चे के कमरे को मिनट से कैसे गड़बड़ाया जाता है, तो आपको एन्ट्रापी में एक रिफ्रेशर कोर्स की आवश्यकता हो सकती है—भौतिक सिद्धान्त कहता है कि सब कुछ समय के साथ कम संगठित और कम व्यवस्थित हो जाता है। इस मजेदार, आसान व्यायाम के साथ अवधारणा के बारे में अपने बच्चों को सिखाओ और अपने पैसे को नृत्य करने के लिए सिखाएँ जब आप उस पर हों!

जिसकी आपको जरूरत है

1. बाथ टब
2. सिक्के
3. प्लास्टिक सोडा की बोतल
4. फ्रिज
5. गरम पानी

आप क्या करते हैं?

1. बोतल के ऊपर एक सिक्का रखें। बोतल के उद्‌घाटन पर सबसे अच्छा फिट बैठने वाला सिक्का चुनें और सबसे कसकर बोतल जब्त करें। इस सिक्का प्रयोग के लिए आसान रखें।

2. फ्रिज में खाली बोतल के बारे में एक घंटे के लिए रखें, तो यह वास्तव में ठंडा है। (आपको फ्रीजर में बोतल डालने की जरूरत नहीं है।)
3. बोतल निकालें पानी में अपना हाथ डुबाना और बोतल के रिम को पानी की कुछ बूंदें जोड़ें। गीला रिम पर सिक्का रखें। पानी सिक्का और बोतल के रिम के बीच मुहर बनाएगा।
4. बोतल को दो हाथों में रखें और धीरे-धीरे इसे गर्म पानी में डाल दें। सुनिश्चित करें कि आप बोतल का स्तर रखें, इसलिए सिक्का बन्द नहीं होता। आपका सिक्के नृत्य करना शुरू कर देना चाहिए अगर ऐसा नहीं होता है, तो यह सुनिश्चित करने के लिए मुहर की जाँच करें कि सिक्के और बोतल के रिम के बीच पानी है।

क्या हुआ?

पानी ने बोतल में हवा को गर्म किया जब वायु गर्म हो जाती है, तो इसकी एंट्रोपी बढ़ जाती है और अणु (छोटे कण) जो कि हवा को तेजी से और एक दूसरे से दूर ले जाती है, और अधिक बेतरतीब होने के लिए। इसने हवा को विस्तारित किया, या प्रफुल्लित किया। जब बोतल में हवा काफी बढ़ गई, तो उसने

सिक्का पर धक्का दिया और कुछ हवा बच गए। सिक्का वापस नीचे गिरा और बोतल के मुँह पर फिर से मुहर लगा दिया। फिर हवा में कुछ और झुकाव शुरू हुआ, और हर बार सिक्का उठाया और वापस नीचे गिरा, हवा से अधिक भाग निकले।

23

विस्फोट मार्शमैलोज

क्या आपका बच्चा जादुई रहस्य माइक्रोवेव के बारे में सवाल पूछता है? जब आप उसे दिखा सकते हैं कि यह कैसे और क्यों काम करता है, जबकि पागल कुकर के अन्दर अजीब भोजन कैसे व्यवहार कर सकता है।

जिसकी आपको जरूरत है

1. मार्श मैलो (एक प्रकार की मिठाई)
2. प्लेट
3. माइक्रोवेव ओवन
4. साबुन के बार

आप क्या करते हैं?

1. सुनिश्चित करें कि आप अपने बच्चे को इस प्रयोग से देख रहे हैं और समझाएँ कि उन्हें असामान्य तरीके से उपकरणों का उपयोग करना है तो उन्हें हमेशा अनुमति की आवश्यकता है।
2. अपने बच्चे को एक माइक्रोवेव में एक प्लेट पर एक marshmallow जगह है 30 सेकंड के लिए माइक्रोवेव चालू करें। देखो क्या होता है।

3. उस समय को बदलें जब आप माश्रोंवे को मारशॉल्लो और देखें कि क्या होता है। सावधान रहें–जब किया जाए तो मार्शमॉलो बहुत गर्म होगा।
4. साबुन के एक बार के साथ इस प्रयोग को दोहराएँ। माइक्रोवेव आप समाप्त करने के बाद साबुन की तरह गन्ध होगा लेकिन हमेशा के लिए नहीं।

क्या चल रहा है?

माइक्रोवेव की एक अनूठी सम्पत्ति है जो उन्हें खाना पकाने के लिए उपयोगी बनाता है–पानी के अणुओं को उत्तेजित करने की क्षमता। माइक्रोवेव स्पिन करने के लिए भोजन में पानी के अणु का कारण बनता है। जैसे-जैसे अणुओं को तेज हो, वे गर्मी करते हैं गर्म पानी के अणुओं के कारण भोजन को गर्मी का कारण बनता है जब चीजें गर्म होती हैं, तो वे विस्तार करते हैं जैसा कि मार्शमोलो ऊपर तपता है, नम हवा के छोटे बुलबुले अन्दर बढ़ने में फँस जाता है, और मार्शमोलो बड़ा हो जाता है–बहुत बड़ा है अब जब आपका बच्चा इस

बारे में जानता है, तो उनसे इन प्रश्नों को पूछें—यह गरम होने के बाद आपको मार्शल की सतह पर क्या देखा गया? आपको लगता है कि यह केवल एक निश्चित आकार तक पहुँच गया है? जल्द ही वह अनुमान लगाएगा कि सभी उपकरणों का काम कैसे होगा!

24

एक बोतल के अंडे

आपको जानना चाहिए कि विज्ञान मजेदार हो सकता है। अपने बच्चे को एक चाल दिखाएँ जहाँ सामान्य असाधारण हो जाता है!

इस प्रयोग में, एक मुश्किल उबला हुआ अंडा कुछ ही मैचों की मदद से सन्देह से छोटे खोलने के द्वारा फिट होगा। आपका बच्चा चकित होगा, और आप उसे सिखा रहे होंगे कि एक छोटे से विज्ञान की सहायता से असम्भव कार्य कितना ही सम्भव है!

जिसकी आपको जरूरत है

1. व्यस्क सहायक
2. कठिन उबला हुआ अंडा (अंडे की तुलना में थोड़ा छोटा खोलने के साथ काँच की बोतल (सेब साइडर या रस की बोतलें) अच्छी तरह से काम करती हैं)
3. मेल खाता है

आप क्या करते हैं?

1. अंडे को ठंडे पानी के पॉट में रखकर अंडे को उबाल लें ताकि पूरी तरह अंडा को कवर कर ले और पानी को ऊष्मा पर उबाल में लाए। आप एक समय में बहुत से अंडे को उबाल कर सकते हैं ताकि आप एक बार से अधिक चाल कर सकें।

2. एक बार जब पानी उबाल आ जाता है तो गर्मी बन्द हो जाती है, लेकिन स्टोव से पॉट को अभी तक नहीं लेना चाहिए। लगभग 10 मिनट के बाद स्टोव से बर्तन निकाल दें और कुछ मिनट के लिए ठंडे चलने वाले पानी के नीचे बर्तन और अंडा डाल दें। अंडे को शान्त करने दें।
3. पानी से अंडे निकालें और अपने बच्चे को खोल छील में मदद करें।
4. अपने बच्चे को अंडे को बोतल के खुलने पर रखें। इंगित करें कि अंडे केवल बोतल में नहीं पड़ेगी उसे बताएँ कि छपने के बावजूद, इस अंडे को एक टुकड़ा में बोतल में लेना सम्भव है।
5. कर्त्तव्यों और प्रकाश दो मैचों से अधिक ले लो। जल्दी से बोतल में उन्हें ड्रॉप अपने बच्चे को तुंरत अंडे को बोतल के ऊपर रखें, कुछ सेकंड प्रतीक्षा करें, और अंडे को बोतल में उन्हें ड्रॉप करें। यह काम किस प्रकार करता है–

यह मन-उड़ाने अंडा प्रयोग सभी दबाव के बारे में है। जब आप

बोतल में मैचों को दोड़ते हैं, तो हवा गरम होती है जैसे ही गर्म हवा का विस्तार होता है, इसमें से कुछ बोतल से निकल जाते हैं। जब लपटें बाहर निकलती हैं, बोतल के अन्दर हवा को ठंडा और ठेके और बोतल पर अंडे सील बनाता है। बोतल के अन्दर का दबाव अब बोतल के बाहर दबाव से कम है, और क्योंकि सभी चीजों के समान प्रकृति के रुझान समान हैं, अंडे को बोतल में मजबूर किया जाता है। वापस अंडे वापस पाने के लिए, आपको बोतल को फिर से गरम करना होगा चूंकि बोतल बढ़ते वायु दबाव को बढ़ाता है, इसलिए अंडे को वापस बाहर निकाला जाएगा।

25

क्या फर्क पड़ता है?

ध्वनि का निर्माण करने के लिए आपको कम्पन करने के लिए कुछ चाहिए। बात यह है कि कुछ यह 'सामान' है जो ब्रह्मांड का बना है लेकिन क्या सभी बातों को ध्वनि संचारित करेगा? क्या वहाँ केवल कुछ क्षण हैं जो इन ध्वनि तरंगों को पारित कर सकते हैं? चलो पता करते हैं।

जिसकी आपको जरूरत है

1. 3 प्लास्टिक सीलाबल बैग
2. रेत (चीनी या आटा प्रतिस्थापित किया जा सकता है)
3. पानी
4. सिक्का

आप क्या करते हो?

1. रेत के साथ आधे रास्ते के पहले भाग को भरें। अतिरिक्त हवा को दबाएँ और बैग बन्द करें।
2. पानी के साथ एक दूसरे बैग आधे रास्ते भरें। फिर, अतिरिक्त हवा को दबाएँ और बैग बन्द करें। सुनिश्चित करें कि यह रिसाव नहीं है।
3. हवा के साथ एक तीसरा बैग आधा रास्ते भरें। इसे सील करें

और मेजबानी पर सभी तीन बैग रखें।

4. रेत के बैग पर अपने कान रखें। धीरे से टेबलटॉप पर एक सिक्का टैप करें आप क्या सुनते हो?
5. पानी के बैग के माध्यम से सुनते समय सिक्का दोहन दोहराएँ। क्या यह एक ही आवाज करता है? कैसे टैपिंग ध्वनि बदल गया है?
6. हवा से भरा बैग के माध्यम से सुनते समय एक बार दोहन दोहराएँ। तीन ध्वनियों की तुलना करें।

क्या हुआ?

ध्वनि कणों द्वारा स्थानान्तरित किया जाता है जो पड़ोसी कणों

में स्लैम होता है। ठोस निकटतम पड़ोसियों के साथ कण होते हैं। अगला तरल पदार्थ आता है गैसों में सबसे फैल आउट कण होते हैं एक-दूसरे के करीब हैं, बेहतर ध्वनि संचरण। यही कारण है कि ठोस और तरल के माध्यम से पारित होने वाली ध्वनि हवा से भरी हुई थैली से गुजरने वाली ध्वनि की तुलना में काफी अधिक लगती है।

26

खूबसूरत स्नान नमक के साथ

चाहे आप किसी और के लिए विशेष उपस्थिति बना रहे हों, घर पर प्रयोग करें या बस गर्म स्नान में आराम करना चाहते हैं, इस प्रयोग को जाने दो। विभिन्न ताजा सुगन्धों के साथ अपना स्वयं का स्नान लवण बनाएँ, विभिन्न आवश्यक तेलों के साथ प्रयोग को देखने के लिए जो आपको सर्वोत्तम पसन्द है।

आपको किस चीज़ की जरूरत पड़ेगी

1. 1 कप वाशिंग सोडा
2. एक प्लास्टिक बैग
3. एक रोलिंग पिन
4. एक कटोरी
5. सरगर्मी के लिए एक चम्मच
6. आवश्यक तेल
7. खाद्य रंग

निर्देश

1. वाशिंग सोडा के कप को ले लो और इसे एक प्लास्टिक बैग में डाल दिया। रोलिंग पिन या समान ऑब्जेक्ट के साथ गांठों को क्रश करें।

2. एक कटोरी में बैग को खाली करें और अपने पसन्दीदा जरूरी तेल की 5 या 6 बूँदों में हलचल करें जैसे रोस्मेरी, लैवेंडर या टक्साल।
3. जब तक मिश्रण समान रूप से रंग नहीं किया जाता है तब तक खाना रंग के कुछ बूँदों में हलचल।
4. मिश्रण को साफ सूखा कंटेनर में रखो और आनन्द लें जैसे आप कृपया।

क्या हो रहा है?

स्नान नमक आमतौर पर एप्सोम लवण (मैग्नीशियम सल्फेट), टेबल नमक (सोडियम क्लोराइड) या वॉशिंग सोडा (सोडियम कार्बोनेट) से बने होते हैं। मिश्रण के रासायनिक बनाते हुए यह साबुन बनाने का काम आसान बनाता है, स्नान नमक कहा जाता है कि सफाई में सुधार और स्नान करते समय एक अपील की खुशबू आती है।

27

बेकिंग सोडा और विनेगर ज्वालामुखी

एक भयानक रासायनिक प्रतिक्रिया बनाने के लिए बेकिंग सोडा और सिरका का उपयोग करें। देखो जितना तेजी से कंटेनर पर फिसल जाता है और सुनिश्चित कर लें कि आपको साफ करने के लिए कुछ तौलिए तैयार हैं।

आपको किस चीज की जरूरत पड़ेगी

- बेकिंग सोडा (सुनिश्चित करें कि यह बेकिंग पाउडर नहीं है)
- सिरका
- एक कंटेनर सब कुछ पकड़ और बड़ी गलती से बचें।
- कागज के तौलिये या एक कपड़ा (सिर्फ मामले में)

निर्देश

1. अपने कंटेनर में कुछ बेकिंग सोडा रखें।
2. कुछ सिरका में डालें।
3. देखो के रूप में प्रतिक्रिया जगह लेता है!

क्या हो रहा है?

बेकिंग सोडा (सोडियम बाई कार्बोनेट) एक आधार है, जबकि सिरका (एसिटिक एसिड) एक एसिड होता है जब वे एक साथ

प्रतिक्रिया करते हैं तो वे कार्बोनिक एसिड बनाते हैं जो बहुत अस्थिर होते हैं, यह तुरन्त पानी और कार्बन डाई ऑक्साइड में टूट जाता है, जो सभी भट्दे बनाता है क्योंकि यह समाधान से बच जाता है।

अतिरिक्त प्रभाव के लिए आप एक यथार्थवादी लग ज्वालामुखी बना सकते हैं। यह कुछ शिल्प कौशल लेता है, लेकिन यह आपके सिरका और बेकिंग सोडा विस्फोट को और भी प्रभावशाली लगेगा।

28

तेल और पानी का मिलन

कुछ चीजें एक-दूसरे के साथ अच्छी तरह से नहीं मिलतीं एक उदाहरण के रूप में तेल और पानी ले लो, आप उन्हें एक साथ मिश्रण कर सकते हैं और जितना चाहें उतना कमाल कर सकते हैं, लेकिन वे कभी मित्र बनेंगे या नहीं? इस मजेदार प्रयोग को एक कदम आगे बढ़ाएँ और पता लगाएँ कि तेल और पानी को एक साथ कैसे लाकर आप अपने बर्तन कर सकते हैं।

आपको किस चीज की जरूरत है

1. छोटे शीतल पेय की बोतल
2. पानी
3. खाद्य रंग
4. खाना पकाने के तेल के 2 बड़े चम्मच
5. डिश वाशिंग तरल या डिटर्जेंट

निर्देश

1. पानी में रंग भरने के कुछ बूँदों को जोड़ें।
2. छोटे शीतल पेय की बोतल में खाना पकाने के तेल के 2 tablespoons के साथ रंगीन पानी के लगभग 2 tablespoon डालो।

3. ढक्कन को तंग पर पेंच और जितना मुश्किल हो उतना बोतल को हिलाएँ।
4. बोतल वापस नीचे रखो और देखो, यह लग सकता है जैसे तरल पदार्थ एक साथ मिला रहे थे लेकिन तेल शीर्ष पर लौट जाएगा।

क्या हो रहा है?

जबकि पानी अक्सर समाधान तेल, और पानी बनाने के लिए अन्य तरल पदार्थों के साथ मिलाकर नहीं करता है पानी के अणुओं को दृढ़ता से एक दूसरे के लिए आकर्षित किया जाता है, यह तेल के लिए समान है, क्योंकि वे अपने अणुओं के प्रति ज्यादा आकर्षित होते हैं, वे एक साथ मिश्रण नहीं करते हैं। वे अलग हैं और तेल पानी के ऊपर तैरता है क्योंकि इसमें कम घनत्व है।

यदि आप वास्तव में सोचते हैं कि तेल और पानी एक साथ होते हैं तो कुछ डिश वाशिंग तरल या डिटर्जेंट जोड़ने की कोशिश करें। डिटर्जेंट पानी और तेल दोनों को आकर्षित करने में मदद करता है जिससे वे सभी मिलकर एक साथ मिलकर एक पायसी कहते हैं। यह चिकना व्यंजन धोने पर यह अतिरिक्त काम है, डिटर्जेंट तेल लेता है और प्लेटों को बन्द कर देता है।

29

नींबू के रस के साथ अदृश्य इंक

अदृश्य स्याही बनाना बहुत मजेदार है, आप दिखा सकते हैं कि आप एक गुप्त एजेंट हैं क्योंकि आप अपने सभी गुप्त कोड और सन्देशों को अन्य लोगों से छिपाते रहते हैं। तुम्हारी जरूरत है कुछ बुनियादी घरेलू वस्तुओं और नींबू के रस की छिपी शक्ति है।

आपको किस चीज की जरूरत है

1. आधा नींबू
2. पानी
3. चम्मच
4. बाउल
5. रुई की कली
6. सफेद कागज
7. लैम्प या अन्य प्रकाश बल्ब

निर्देश

1. कटोरे में कुछ नींबू का रस दबाकर पानी की कुछ बूंदें डाल दें।
2. चम्मच के साथ पानी और नींबू का रस मिलाएँ।
3. कपास की कली मिश्रण में डाइप करें और श्वेत पत्र पर एक

सन्देश लिखें।

4. रस के लिए सूखने की प्रतीक्षा करें ताकि यह पूरी तरह अदृश्य हो।
5. जब आप अपने गुप्त सन्देश को पढ़ने या इसे किसी और को दिखाने के लिए तैयार हैं, तो उसे एक लाइट बल्ब के पास रखकर कागज को गर्म करें।

क्या हो रहा है?

नींबू का रस एक कार्बनिक पदार्थ होता है जो गरम होता है और आलू को भुनाता है। पानी में नींबू के रस को कम करने से यह नोटिस करना कठिन होता है कि जब आप इसे पेपर लागू करते हैं, तब तक कोई भी इसकी उपस्थिति से अवगत नहीं होगा जब तक कि वह गरम न हो जाए और गुप्त सन्देश प्रकट हो। अन्य पदार्थ जो समान रूप से काम करते हैं उनमें सन्तरे का रस, शहद, दूध प्याज का रस, सिरका और शराब शामिल है। अदृश्य स्याही रासायनिक प्रतिक्रियाओं का उपयोग करके या पराबैंगनी (यूवी) प्रकाश के तहत कुछ तरल पदार्थों को देखकर भी बनाया जा सकता है।

30

क्या बर्फ पिघलता और अतिप्रवाह होगा?

पहले सोचा था कि आपको लगता है कि एक गिलास के ऊपर एक बर्फ क्यूब बैठेगा जो अन्ततः पिघल सकता है और पक्षों पर फैल सकता है लेकिन यह वास्तव में क्या होता है? प्रयोग करें और पता करें!

आपको किस चीज की जरूरत है

1. एक स्पष्ट कांच
2. गरम पानी
3. एक बर्फ घन

निर्देश

1. गर्म पानी के साथ शीशे को शीशे भरें।
2. बर्फ घन में धीरे से कम, सुनिश्चित करें कि आप तालिका को टक्कर नहीं करते हैं य गिलास के किनारे पर किसी भी पानी को फैलते हैं।
3. जल स्तर को ध्यान से देखें, जैसे बर्फ घन पिघला देता है, क्या होता है?

क्या हो रहा है?

भले ही बर्फ घन पिघल गए लेकिन पानी बह निकला नहीं है जब

बर्फ को बर्ष बनाने के लिए पानी जमा हो जाता है और इसे तरल पानी के रूप में अधिक स्थान लेता है (यही कारण है कि ठंड सर्दियों में पानी की पाइप कभी-कभी फट जाती है)। बर्फ से पानी में बर्फ की तुलना में कम जगह ले जाती है। जब बर्फ घन पिघलाता है, तो पानी का स्तर उसी के बारे में रहता है।

31

एक आसान लावा लैम्प बनाओ

बच्चों के लिए इस मजेदार विज्ञान प्रयोग के साथ आसान लावा दीपक बनाने के बारे में जानें। रासायनिक प्रतिक्रियाओं और रंग की कायर बॉल बनाने के लिए सब्जी तेल, खाद्य रंग, अलका-सेल्ट्जर और एक बोतल जैसी साधारण घरेलू वस्तुओं का उपयोग करें जो वास्तविक लावा लैम्प की तरह घूमते हैं।

आपको किस चीज की जरूरत है

1. पानी
2. एक साफ प्लास्टिक की बोतल
3. वनस्पति तेल
4. खाद्य रंग
5. अल्का-सेल्ट्जर (या अन्य गोलियाँ जो फिसलती हैं)

निर्देश

1. प्लास्टिक की बोतल में पानी डालो जब तक यह लगभग एक चौथाई भरा नहीं होता (बोतल भरते समय आप एक फनल का उपयोग करना चाहते हैं, ताकि आप कुछ भी नहीं फैल सकें)।
2. जब तक बोतल लगभग पूर्ण नहीं हो तब तक वनस्पति तेल

में डालें।

3. तेल और पानी अलग होने तक प्रतीक्षा करें।
4. बोतल में भोजन रंग भरने के लगभग एक दर्जन से अधिक बूंदों को जोड़ें (किसी भी रंग को आप पसन्द करें)।
5. देखो के रूप में खाद्य रंग तेल के माध्यम से गिर जाता है और पानी के साथ मिक्स।
6. एक अल्का-सेल्टेजर टैबलेट को छोटे टुकड़ों (लगभग 5 या 6) में तोड़ दें और इनमें से एक को बोतल में डाल दें, चीजों को थोड़ा-सा पागल होना शुरू करना चाहिए, बस असली लावा लैम्प की तरह!
7. जब बुदबुदाहट बन्द हो जाता है, अल्का-सेल्त्जर का दूसरा टुकड़ा जोड़ें और शो का आनन्द लें!

क्या हो रहा है?

यदि आपने हमारे तेल और पानी का प्रयोग करने की कोशिश की है तो आपको पता चल जाएगा कि दोनों बहुत अच्छी तरह से मिश्रण नहीं करते हैं तेल और पानी आप एक दूसरे से अलग बोतल में जोड़ा, शीर्ष पर तेल के साथ, क्योंकि यह पानी की तुलना में कम घनत्व है खाद्य रंग तेल के माध्यम से गिरता है और पानी के नीचे तल पर मिक्स करता है। अल्का-सेल्टेजर टेबलेट का टुकड़ा कार्बन डाई ऑक्साइड गैस के छोटे बुलबुले को रिलीज करने के बाद आपमें गिरावट करते हैं जो कि ऊपर की ओर बढ़ते हैं और सवारी के लिए कुछ रंगीन पानी लेते हैं। जब यह ऊपर पहुँचता है और रंग का पानी गिरता है तो गैस बच जाती है इस कारण अलका-सेल्त्जर इस तरह से विस्फोट कर लेते हैं क्योंकि इसमें साइट्रिक एसिड और बेकिंग सोडा (सोडियम बाई कार्बोनेट) शामिल हैं, दो प्रतिक्रिया पानी से सोडियम साइट्रट और कार्बन डाई ऑक्साइड गैस बनाने के लिए होती हैं (ये

बुलबुले हैं जो रंग का पानी शीर्ष पर ले जाते हैं बोतल का)

अधिक अल्का-सेल्ज़र को बोतल में जोड़ना प्रतिक्रिया जारी रखता है जिससे आप लम्बे समय तक अपने कायरता लावा दीपक का आनन्द ले सकें। अगर आप किसी को बाद में दिखाना चाहते हैं तो आप बस एक बोतल कैप पर स्क्रू कर सकते हैं और आपको अल्का-सेल्ज़र को जोड़ने की आवश्यकता होगी। जब आप अपने सभी अलका-सेल्ज़र का काम पूरा कर लें, तो आप एक बोतल कैप पर कसकर पेंच करते हुए आगे की बोतल का प्रयोग करके एक कदम आगे बढ़ा सकते हैं, फिर क्या होता है?

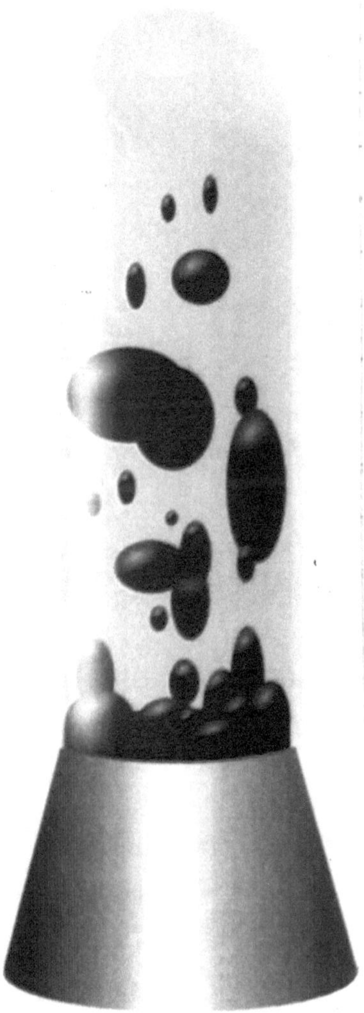

32

एक क्रिस्टल स्नोफ्लेक बनाओ

जानें कि बोरेक्स का उपयोग करके एक हिमखंड बनाने के लिए और घरेलू सामान ढूँढ़ने में कुछ अन्य आसान हैं। इस मजेदार क्रिस्टल गतिविधि में क्रिस्टल का गठन कैसे किया जाता है, देखो को बढ़ाने के लिए भोजन के रंग के साथ प्रयोग करें और अपने शानदार क्रिस्टल हिमवर्षा को एक शानदार लग रही सजावट के रूप में रखें!

आपको किस चीज की जरूरत है

1. स्ट्रिंग
2. चौड़े मुँह जार
3. सफेद पाइप क्लीनर
4. नीला भोजन रंग (वैकल्पिक)
5. उबलते हुए पानी
6. बोरेक्स
7. छोटी लकड़ी की छड़ या पेंसिल

निर्देश

1. सफेद पाइप क्लीनर को पकड़ो और उसे एक ही आकार के तीन हिस्सों में काट लें। इन वर्गों को केन्द्र में एक साथ दोहराएँ जिससे कि अब आपके पास एक आकृति होनी

चाहिए जो कि छह तरफा स्टार की तरह दिखती है। सुनिश्चित करें कि आपके आकार के अंक एक ही लम्बाई तक ट्रिम करके भी हैं।

2. पाइप क्लीनर में से एक के ऊपर ले लो और इसके लिए स्ट्रिंग का दूसरा टुकड़ा संलग्न करें। अपनी छोटी लकड़ी की छड़ी या पेंसिल के विपरीत छोर बाँधें आप इसका पूरा उपयोग आपकी पूरी हिमपात को फेंकने के लिए करेंगे।
3. उबलते पानी के साथ जार को ध्यान से भरें (आप इस हिस्से में मदद करने के लिए एक वयस्क प्राप्त करना चाहें)।
4. प्रत्येक कप पानी के लिए बोराक्र के तीन बड़े चम्मच जोड़ते हैं, एक समय में एक बड़ा चमचा जोड़ना मिश्रण भंग होने तक हलचल दें, लेकिन चिन्ता न करें कि कुछ बोरैक्स जार के आधार पर स्थिर हो जाता है।
5. यदि आप अपना हिमफ्लैक्स अच्छा नीला रंग देना चाहते हैं तो कुछ वैकल्पिक ब्लू फूड रंगों को जोड़ें।
6. पाइप क्लीनर स्नोफ्लेक को जार में रखो ताकि छोटे लकड़ी की छड़ या पेंसिल जार के किनारे पर आराम कर रहे हों और ब्रीएक्स समाधान में हिमस्खलन खुले बैठे हैं।
7. हिमपात का एक टुकड़ा रातभर छोड़ दो और जब आप सुबह लौट आते हैं, तो आपको हिमपात का आवरण क्रिस्टल में ढंका मिलेगा। यह एक शानदार सजावट करता है कि आप अपने दोस्तों को दिखा सकते हैं या अपने घर में कहीं लटका सकते हैं।

क्या हो रहा है?

क्रिस्टल सभी तीन आयामों में फैली हुई दोहराव पैटर्न में व्यवस्थित अणुओं से बने होते हैं। बोरेक्स को सोडियम बोराट भी कहा जाता है,

यह आमतौर पर एक सफेद पाउडर के रूप में पाया जाता है जो आसानी से पानी में भंग कर रहे हैं।

जब आप उबालने वाले पानी में बोरैक्स जोड़ते हैं तो आप उससे अधिक भंग कर सकते हैं यदि आप इसे ठंडे पानी में जोड़ रहे थे, इसका कारण यह है कि गर्म पानी के अणु तेजी से आगे बढ़ते हैं और अधिक फैल जाते हैं, जिससे बोरैक्स क्रिस्टल को भंग करने के लिए अधिक कमरे की अनुमति मिलती है। जब समाधान शान्त हो जाता है, तो पानी के अणु एक साथ घूमते हैं और यह बोरैक्स समाधान का अधिकतर नहीं रख सकता है। क्रिस्टल एक-दूसरे के ऊपर बने होते हैं और इससे पहले कि आप जानते हैं कि आपकी पूरी क्रिस्टल बर्फ की परत है!

33

पागल पुटीटी

कुछ रोज घरेलू सामान जैसे बोरैक्स पानी, पीवीए गोंद और भोजन के रंग का इस्तेमाल करना, कुछ पागल पोटीन बनाएँ जिससे कि आप अपने हाथों में पोंछे, आकृतियों में ढंक सकते हैं या फिर जमीन पर उछाल सकते हैं।

आपको किस चीज की जरूरत है

1. 2 कंटेनर (दूसरे से छोटा, अधिमानतः एक फिल्म कनस्तर)
2. पानी
3. खाद्य रंग
4. पी वी ए गोंद (सफेद गोंद का एक प्रकार जिसे एलमर गोंद के रूप में भी जाना जाता है)
5. बोरैक्स समाधान (लगभग 1 चम्मच बोरोक्स का एक कप पानी)

निर्देश

1. पीवीए गोंद के साथ बड़े कंटेनर के नीचे भरें।
2. पानी के कुछ squirts जोड़ें और हलचल।
3. भोजन रंग भरने और हलचल के 2 या 3 बूंदों को जोड़ें।
4. बोरेक्स की एक धार (सम्भवतः थोड़ा और अधिक जो

आपको पीवीए गोंद का इस्तेमाल किया गया था पर निर्भर करता है) जोड़ें।

क्या हो रहा है?

पीवीए गोंद आप उपयोग करते हैं एक प्रकार का पॉलिमर पॉलीविनाइलेट एसीटेट (लघु अवधि के लिए पीवीए) कहा जाता है, जबकि बोरैक्स सोडियम बोरेट नामक एक रसायन से बना है। जब आप दो को एक पानी के समाधान में जोड़ते हैं, तो बोरैक्स गोंद के अणुओं के साथ प्रतिक्रिया करता है, और उन्हें एक विशाल अणु में जोड़ता है। यह नया यौगिक बड़ी मात्रा में पानी को अवशोषित करने में सक्षम होता है, एक पोटीन जैसे पदार्थ बनाती है जिसे आप अपने हाथों में पोंछते या उछाल भी सकते हैं।

34

एक पिंग पोंग बॉल फ्लोट करें

क्या आप एक पिंग पोंग बॉल को नियन्त्रित कर सकते हैं क्योंकि यह एक हेयर ड्रायर के ऊपर तैरता है? बच्चों के लिए इस सरल प्रयोग में गुरुत्वाकर्षण और वायु दबाव जैसे बलों को मजबूर करते हुए महत्वपूर्ण भूमिका सीखते समय परीक्षण के लिए अपना हाथ-आँख समन्वय कौशल डालें।

आपको किस चीज की जरूरत है?

1. कम से कम 1 पिंग पोंग बॉल (2 या 3 बड़े होंगे)
2. बाल सुखाने की मशीन

निर्देश

1. हेयर ड्रायर में प्लग करें और इसे चालू करें।
2. इसे उच्चतम सेटिंग पर रखें और इसे सीधे ऊपर बताएँ।
3. हेयर ड्रायर के ऊपर अपनी पिंग बॉल रखें और देखें कि क्या होता है।

क्या हो रहा है?

आपके पिंग पोंग बॉल धीरे-धीरे बाढ़ के किनारों के बिना या कमरे की दूसरी ओर उड़ान भरने के बिना हेयर ड्रायर के ऊपर तैरता

है। हेयर ड्रायर से एयरफ्लो पिंग पोंग बॉल को ऊपर की तरफ धकेलता है जब तक कि ऊपर की तरफ बल उस पर नीचे की तरफ गुरुत्वाकर्षण के बल के बराबर नहीं होते। जब यह इस बिन्दु तक पहुँचता है तो यह धीरे-धीरे बाउंस करता है, फ्लोटिंग जहाँ ऊपरी और नीचे की तरफ समान कारण पिंग पोंग बॉल को बिना हवा के तापमान के बिना हेयर ड्रायर के बने हवा के स्तम्भ के अन्दर अच्छी तरह से रहता है हवा के दबाव के कारण होता है। हेयर ड्रायर से तेजी से चलती हवा कम हवा के दबाव का एक स्तम्भ बनाता है, आसपास के उच्च वायु दबाव, इस

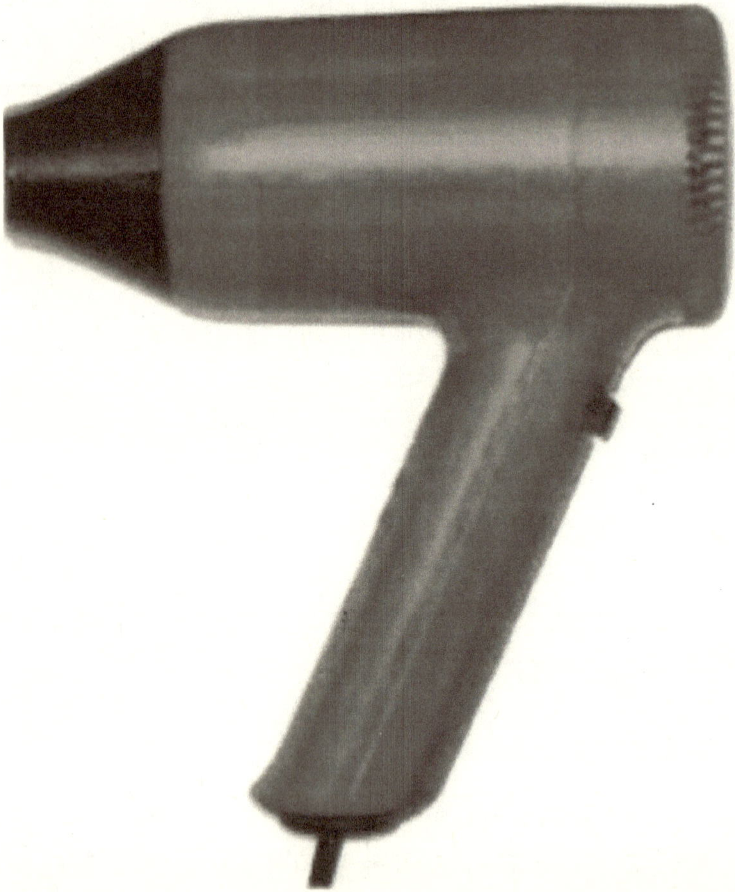

कॉलम के अन्दर रहने के लिए पिंग पोंग बॉल को मजबूर करता है, जिससे यह पिंग पोंग बॉल के नियन्त्रण को खोया बिना चारों ओर हेयर ड्रायर को स्थानान्तरित करना आसान हो जाता है।

देखें कि क्या आप एक अतिरिक्त चुनौती के रूप में 2 या 3 पिंग पोंग गेंदों को फ्लोट कर सकते हैं।

35

अलग हीट पर चीनी को विसर्जित करना

समाधान के बारे में जानें क्योंकि आप विभिनन तापमान के पानी में अधिक से अधिक चीनी क्यूब्स जोड़ते हैं। यह आसान प्रयोग दर्शाता है कि आप केवल एक निश्चित राशि को भंग कर सकते हैं और यह परिवर्तन होता है क्योंकि पानी गर्म होता है।

आपको किस चीज की जरूरत है

1. शुगर क्यूब
2. एक स्पष्ट ग्लास में ठंडा पानी
3. एक स्पष्ट गिलास में गर्म पानी
4. सरगर्मी के लिए चम्मच

निर्देश

1. सुनिश्चित करें कि चश्मे की एक समान राशि है।
2. ठंडे पानी में एक चीनी घन डालें और चम्मच के साथ हलचल जब तक कि चीनी गायब हो जाए। इस प्रक्रिया को दोहराएँ (जब आप शर्करा को पानी में डाल देते हैं, तब तक आप शर्करा की मात्रा में गिन लें) जब तक आप इस बिन्दु पर होते हैं जब चीनी को ग्लास के नीचे इकट्ठा करना होता है, भंग करने की बजाय।

3. लिखित कि आप कितने शर्करा के क्यूब्स को ठंडे पानी को में भंग कर सकते हैं।
4. गर्म पानी के लिए इसी प्रक्रिया को दोहराएँ, प्रत्येक तरल में भंग होने वाले चीनी क्यूब्स की संख्या की तुलना करें, जो अधिक भंग कर देता है?

क्या हो रहा है?

ठंडे पानी गर्म पानी के रूप में ज्यादा चीनी को भंग करने में सक्षम नहीं है, लेकिन क्यों? कप के अन्दर तरल पदार्थ का दूसरा नाम एक 'समाधान' होता है, जब यह समाधान चीनी को भंग नहीं कर सकता तो यह 'सन्तृप्त समाधान' बन जाता है, इसका मतलब यह है कि शराब कप के तल पर बनती है कारण गर्म पानी अधिक घुलता है क्योंकि यह तेजी से बढ़ रहा अणुओं है जो ठंडे पानी में अणुओं की अलावा और फैले हुए हैं। गर्म पानी में अणुओं के बीच बड़े अन्तर के साथ, अधिक चीनी अणुओं के बीच में फिट हो सकता है।

36

मिट्टी पीएच : एसिड या अल्कालीन?

भले ही प्रत्येक प्रकार की मिट्टी में कपड़े और गन्दे नाखूनों को दागने की क्षमता होती है, एक चालाक मिट्टी की सूजन मिट्टी परीक्षण किट और स्वस्थ मात्रा की जिज्ञासा से लैस होने पर सूक्ष्म अन्तर प्राप्त कर सकती है। इस विज्ञान के मामले को हल करने के लिए अपने पिछवाड़े बनाम मिट्टी के पीएच स्तर और अधिक जंगली वातावरण में मिट्टी का परीक्षण करें।

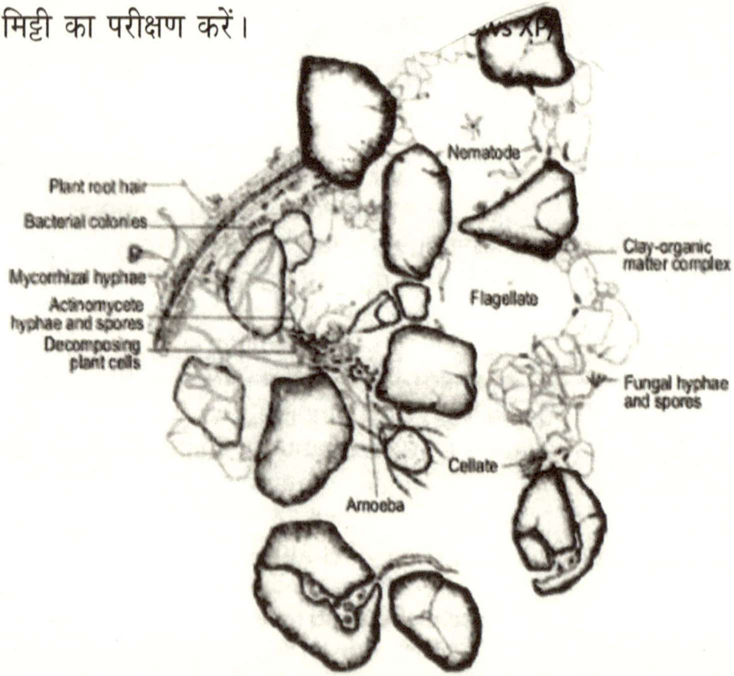

मुसीबत

किस प्रकार की मिट्टी पीएच का उच्चतम स्तर है?

सामग्री

- मृदा परीक्षण किट (लिस्टरलेफ की किट अच्छी तरह से काम करती है)
- गार्डन मिट्टी नमूना, जंगली मिट्टी का नमूना, करणी, 2 कंटेनरों, संयंत्र की पहचान किताब
- पेंसिल, स्मरण पुस्तक, आवर्धक लेंस, मास्किंग टेप, कलम, पानी का कप

प्रक्रिया

1. इससे पहले कि आप अपने बाहरी अन्वेषण और परीक्षण के लिए बाहर सिर, अपनी सामग्री इकट्ठा। यह सबसे अच्छा होगा अगर आपके पास सब कुछ ले जाने में मदद करने के लिए एक छोटा-सा बैग (या एक मित्र) था।
2. एक बगीचे का पता लगाएँ जहाँ आप माधे से एक कप मिट्टी को इकट्ठा कर सकते हैं। सुनिश्चित करें कि मिट्टी के ऊपर कोई कचरा नहीं है मिट्टी से अपने मिट्टी का नमूना ले लीजिए जो सतह के नीचे कुछ इंच है। (टिप—सबसे अच्छी 'बगीचे की मिट्टी' लगाए फूलों के आसपास की मिट्टी होगी। यदि बागियों के बागान के लिए एक दुकान से मिट्टी वास्तव में खरीदी गई थी, तो इससे भी बेहतर)।
3. मास्किंग टेप और कलम के साथ अपने नमूने को लेबल करें।
4. इसके बाद, मिट्टी को इकट्ठा करने के लिए अधिक प्राकृतिक जगह पर फैसला करें यह एक नदी, समुद्र तट, रेगिस्तान, चरागाह या जंगल हो सकता है अपनी 'जंगली मिट्टी' नमूने

के बारे में याद रखने की सबसे अच्छी बात यह है कि धरती को मनुष्यों द्वारा बड़े पैमाने पर अछूता होना चाहिए, उम्मीद है कि सड़कों और इमारतों से दूर की जगह से। एक बार फिर, सुनिश्चित करें कि मिट्टी में कोई कचरा नहीं है।

5. इस नमूने को भी लेबल करें।
6. जैसा कि आप प्रत्येक साइट पर जाते हैं, पौधों, वन्यजीवों और अन्य कारकों के बारे में नोट्स बनाते हैं जो उस क्षेत्र की मिट्टी को प्रभावित कर सकते हैं। यदि आप मिट्टी के ऊपर बैठे छोटे प्राणी थे तो आप पर क्या गिरना होगा?
7. कहीं बाहर अपने विज्ञान प्रयोगशाला की स्थापना करें, जहाँ थोड़ी गड़बड़ी को ध्यान में नहीं रखेगा।
8. दोनों नमूनों की एक छोटी मात्रा में मिट्टी निकाल दीजिए।
9. प्रत्येक नमूना को देखने के लिए अपने मैनीफाइटिंग ग्लास का उपयोग करें। मिट्टी में क्या है? क्या आप पौधे की मात्रा देख सकते हैं? ऐश? रेत? अपने टिप्पणियों के बारे में नोट्स बनाएँ।
10. आपको लगता है कि पीएच के उच्च स्तर वाले नमूने क्या होंगे? अपनी नोटबुक लिखें जिसे अक्सर अपनी नोटबुक में एक अवधारणा कहा जाता है।
11. अब पीएच की जाँच करने का समय है पीएच आपको बताता है कि एक पदार्थ कितना अम्लीय या क्षारीय है पदार्थ जो पीएच पैमाने पर 7 से कम अम्लीय उपाय है, और पदार्थ जो 7 से अधिक क्षारीय उपाय हैं। 7 का पीएच तटस्थ है, जिसका मतलब है कि यह बीच में है।
12. मिट्टी पीएच परीक्षण किट बाहर निकालें किट के निचले भाग में मिट्टी की एक छोटी मात्रा रखें।
13. पीएच परीक्षण कैप्सूल निकालें और इसे मिट्टी के ऊपर छिड़क दें

14. जब तक किट पर शीर्ष पंक्ति तक पहुँच न हो तब तक पानी जोड़ें।
15. किट पर ढक्कन रखें और सामग्री को हिलाएँ। इसे कुछ मिनट तक हिलाते रहें, जब तक कि यह पूरी तरह से मिश्रित न हो।
16. किट पर रंग चार्ट के साथ कंटेनर में रंग मिलान करने से पहले सामग्री को व्यवस्थित करने दें।
17. आपकी पहली मिट्टी का नमूना पीएच क्या है?
18. अब अपनी दूसरी मिट्टी के नमूने के लिए इस पीएच को दोहराएँ और अपनी नोटबुक में परिणाम नीचे लिखें। क्या आपकी मिट्टी के नमूने अम्लीय या क्षारीय थे?

परिणाम

जंगली या दलदली क्षेत्र से मिट्टी का परीक्षण किए जाने से आपके बगीचे के मृदा की पीएच के थोड़ा अधिक स्तर होना चाहिए।

37

बसन्त सफाई विज्ञान

परिस्थितिकी के अनुकूल घर क्लीनर बनाम वाणिज्यिक क्लीनर कौन-सा अधिक प्रभावी है? थोड़ा शोध और प्रयोग के साथ, आपका बच्चा वसन्त सफाई को एक शैक्षिक विज्ञान प्रयोग में बदल सकता है। इस गतिविधि की संरचना उन्हें वैज्ञानिक पद्धति के कुछ महत्त्वपूर्ण हिस्सों में अन्तर्दृष्टि प्राप्त करने में मदद करती है, परिणाम अनुमान लगाते हुए देखकर और रिपोर्ट करते हैं। एक बोनस के रूप में, वह खुद को विभिन्न प्रकार के सफाई उत्पादों के फायदे और खतरों से परिचित कराता है—अपने काम के लिए एक उपयोगी सबक।

जिसकी आपको जरूरत है

- आसुत सफेद सिरका, पानी, 1 वाणिज्यिक काउंटर टॉप क्लीनर
- 1 वाणिज्यिक मंजिल क्लीनर, साफ लत्ता, झाड़ू, 2 बाल्टी, पेंसिल, कागज रबड़ के दस्ताने।

आप क्या करते हो

1. शुरू होने से पहले, सुनिश्चित करें कि जो क्लीनर का उपयोग कर रहे हैं वह उन सतहों के लिए हानिकार नहीं है जिन पर वे उपयोग किए जा रहे हैं उदाहरण के लिए, सिरका एक

संगमरमर की सतह पर उपयोग करने के लिए बहुत कठोर है यदि आप उन सतहों पर काम कर रहे हैं जो सफेद डिस्टिल्ड सिरका से सहमत नहीं हैं, तो कार्यालय डेपो ग्रीन सभी-उद्देश्य क्लीनर या बस ग्रीन नैचुरल बहुसतह देखभाल जैसे पर्यावरण के अनुकूल घरेलू क्लीनर का उपयोग करने का प्रयास करें।

2. उसे एक परिकल्पना (भविष्यवाणी) करने के लिए कहें कि वह प्रत्येक क्लीनर के साथ क्या होगा, और प्रयोग का परिणाम क्या होगा।
3. रसायन के साथ कुछ भी करने से पहले उसे अपने रबर के दस्ताने पर डाल दिया।
4. मंजिल को साफ करने के लिए, उसे पानी के 1 गैलन के साथ 1 कप सफेद डिस्टिल्ड सिरका मिलाकर उसे एक बाल्टी में डाल दिया।
5. बोतल पर दिए गए निर्देशों के अनुसार वाणिज्यिक मंजिल क्लीनर तैयार करने के लिए उसे आमन्त्रित करें, और इसे अन्य बाल्टी में डाल दें। क्लीनर को अलग रखना सुनिश्चित करें रसायनों को कभी भी मिश्रण नहीं करना महत्वपूर्ण है।
6. उसे फर्श के हिस्से को सिरका समाधान के साथ पोंछने के लिए एमओपी का उपयोग करें उसे एमओपी कुल्ला करना चाहिए और वाणिज्यिक क्लीनर के साथ एक अलग क्षेत्र को साफ करना चाहिए।
7. उससे पूछें और तुलना करें और दो क्लीनर और उनके परिणामों के बीच समानताएँ और अन्तर दर्ज करें।
8. प्रयोग को दोहराएँ, लेकिन इस समय साफ काउंटर, सबसे ऊपर है। एक अलग हिस्से को साफ करने के लिए उसे एक साफ राग का उपयोग डिस्टिल्ड श्वेत सिरका में गिरा दिया गया है ताकि काउंटर टॉप का हिस्सा साफ किया जा सके

और वाणिज्यिक काउंटर टॉप क्लीनर हो। ऊपर के रूप में उन्हें परिणाम रिकॉर्ड करना चाहिए।

9. समाप्त होने के बाद, उसे निष्कर्ष लिखिए यह याद रखना महत्वपूर्ण है कि 'बेहतर' क्लिनर का निर्धारण करने से यह साफ हो सकता है कि यह कैसे शुद्ध है। उदाहरण के लिए, उन्हें उत्पाद से आने वाले धुएँ के बारे में सोचना चाहिए, साथ ही चेतावनी लेवल पर खतरे भी।

38

क्रैनबेरी सॉस विज्ञान

जिसकी आपको जरूरत है

- 4 कप क्रैनबेरी (लगभग 16 औंस बैग), 2 कप चीनी, 2 कप पानी, दीप सॅसपेन
- लम्बे समय से नियन्त्रित चम्मच, आप क्या करते हो–

प्रक्रिया

1. सबसे पहले, अपने cranberries धो और उठाओ।
2. अपने सॉसपेन में चीनी और पानी मिलाएँ, और मिश्रण को एक फोड़ा में ले आओ। जब तक चीनी पूरी तरह से पिघल नहीं हो जाता तब तक मध्यम गर्मी पर कुक, और समाधान स्पष्ट है। (Psst–यह समाधान बनाने के लिए पानी में क्रिस्टलीय शर्करा का एक उदाहरण है)।
3. अब क्रैनबेरी को एक बार में जोड़ दें, और अपने बर्नर गर्मी को उच्च तक बदल दें। मिश्रण को देखने के लिए अपने बच्चे को आमन्त्रित करें और अपने साथ हलचल करें, जबकि ध्यान रखना कि उसका चेहरा मिश्रण के करीब नहीं है, जो छिड़क सकता है। सबसे पहले, क्रैनबेरी फ्लोट और बॉब, फ्लोट करेंगे। कुछ ही मिनटों में, हालांकि आप देखेंगे कि

उन्हें खुले पॉप लगते हैं और पूरे मिश्रण चमकीले लाल बारी है।

4. मिश्रण बनाती के रूप में सरगर्मी रखें। बहुत जल्दी सबसे अधिक Stavetops पर 5-10 मिनट के भीतर आपको लगता हे कि पूरे बैच काफी अधिक मोटा होना इसे गर्मी से निकालें, थोड़ी अधिक हलचल करें, और फिर इसे कांच के जार या एक पिरेक्स भंडारण कंटेनर में डाल दें, जो बहुत गर्म डिशवाशर के माध्यम से चलाया जाता है या उबलते पानी में निष्फल हो जाता है। इसे शान्त करने दें...और इसे कुछ और अधिक मोटा होना देखें। सेवा करने से पहले दो हफ्तों तक फ्रिज में स्टोर करें या बस अभी का आनन्द लें।

39

पाक कला तेल धुआँ अंक

तली हुई चिकन से सटे मशरूम के सभी प्रकार के स्वादिष्ट खाद्य पदार्थों के लिए पाक कला तेल आवश्यक है। हालांकि परिणाम आम तौर पर स्वादिष्ट होता है, जब तेल धुलाई शुरू होता है, तो प्रक्रिया थोड़ा धुँधला हो सकती है क्या तुमने कभी रसोईघर में धूम्रपान किया जब धूम्रपान अलार्म बन्द हो गया? जोर से कष्टप्रद शोर लोगों को चेतावनी देने के लिए उपयोग किया जाता है कि धुएँ और सम्भवतः एक भाग—आस-पास है जबकि महत्वपूर्ण हैं, निश्चित रूप से मजेदार नहीं है कि खाना पकाने के खाने के बीच अलार्म बन्द हो। खाना

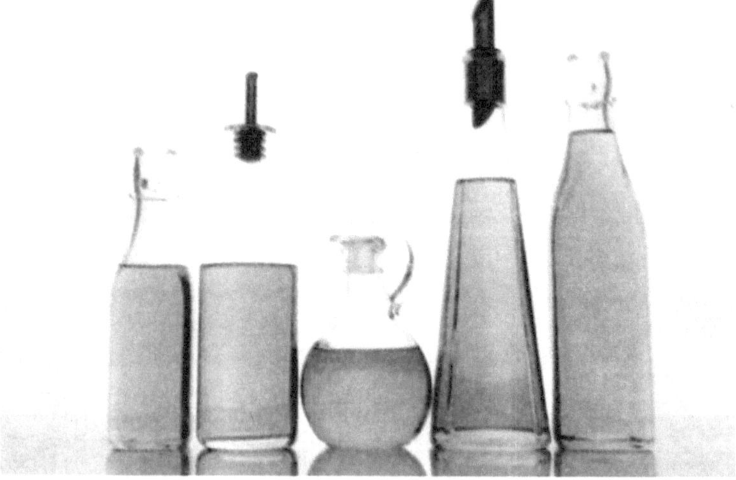

पकाने के तेल और धूम्रपान बिन्दुओं की दुनिया में डुबकी लगाने के लिए पता चलता है कि कुछ तेल धूम्रपान शुरू करने के कितने तेज हैं।

सामग्री

- कैनोला तेल (अपरिष्कृत), जैतून का तेल, 3 कटोरे, दीप फ्रांइग पैन, रेंज हुड पंखा।
- कैंडी थर्मामीटर, मापने वाला कप, पेंसिल, घड़ी, स्मरण पुस्तक, व्यस्क सहायक
- वैकल्पिक (लेकिन अनुशासित) : सुरक्षा चश्मे

प्रक्रिया

1. अपनी रसोई में सभी खिड़कियाँ खोलें। तेल धूम्रपान शुरू होने के बाद आप अपने घर में बहने वाली बहुत सारी ताजी हवा चाहेंगे।
2. पहले कटोरे में दो कप केनोला तेल और दूसरे कप में दो कप जैतून का तेल डालो।
3. तीसरा कटोरा में दो कप कनोला तेल और एक कप जैतून का तेल डालो।
4. अब आपके पास तीन अलग-अलग प्रकार के तेल हैं—कैनोला, जैतून और मिश्रित आपको क्या लगता है कि धुएँ धूम्रपान निम्नतम बिन्दु (सबसे कम तापमान पर धुएँ) हैं?
5. अपनी नोटबुक में अपनी अनुमान या अवधारणा लिखो।
6. स्टोव को मध्यम गर्मी पर मुड़ें।
7. स्टोव पर गहरे फ्रांइग पैन रखें।
8. पैन में पहले कटोरे (कैनोला तेल) की सामग्री डालें।
9. ध्यान से कैंडी थर्मामीटर (या अन्य थर्मामीटर को उच्च तापमान मापने में सक्षम) को तेल में रख दें।

10. एक व्यस्क की सहायता से तेल को देखने में आपकी सहायता होती है कभी-कभी तेल से बाहर नहीं छोड़ना बहुत महत्वपूर्ण है।
11. एक बार जब आप देखते हैं कि तेल धूम्रपान शुरू करते हैं, तो तुरन्त थर्मामीटर की जाँच करें।
12. अपनी नोटबुक में तापमान पढ़ना रिकॉर्ड करें।
13. जब तक यह गर्म या माप नहीं रह जाता तब तक तेल को शान्त करने दें।
14. एक बार पैन को ठंडा किया जाता है, तो इसे तौलिया से सुखाने से पहले पानी और साबुन से साफ करें।
15. जैतून का तेल और मिश्रित तेल की कटोरी के साथ 5-14 चरणों को दोहराएँ। ऑयल अपने धूम्रपान बिन्दु तक पहुँचने के बाद ध्यान से रिकॉर्ड करने के लिए सुनिश्चित करें।
16. जब आप सब कर लेंगे, तो अपने नोट्स को देखें क्या आपकी परिकल्पना सही थी?

40

चीनी के बारे में सब कुछ

यहाँ एक अन्वेशी गतिविधि है जिसमें आपका बच्चा वास्तविक दुनिया के नामों और शर्करा के लिए उपयोग करेगा, और पता लगाएगा कि यह कई अलग-अलग पदार्थों में कैसे छिपा है। आपके मध्य विद्यालय को चीनी में आपकी रुचि से, और साथ ही साथ 'शब्दावली सीखने में आपकी क्षमता हो सकती है।'

जिसकी आपको जरूरत है

- पेंट्री और रेफ्रिजरेटर आइटम, कागज/पेंसिल, क्लिपबोर्ड (वैकल्पिक)

आप क्या करते हो?

1. अपने बच्चे से पेंट्री और रेफ्रिजरेटर में एक नजर डालें, और उन खाद्य पदार्थों की सूची बनाएँ जिन पर वह सोचती है कि चीनी
2. एक बार उसकी सूची पूरी हो गई है, 'चीनी शब्द' की एक सूची प्रदान करें कई शब्दों में अन्त में '-ओ' बताएँ–
3. शर्करा
4. सुक्रोज
5. फ्रुक्टोज

6. लैक्टोज
7. माल्टोज़
8. डेक्सट्रोज
9. अनाज का शीरा
10. उच्च फ्रुक्टोस मकई शरबत
11. शहद
12. सोर्बिटोल
13. ग्लाइकोजन
14. भूरि शक्कर
15. गुड़
16. मोनोसैक्राइड
17. पॉलीसैकराइड
18. कारमेल
19. फलों के रस का ध्यान केन्द्रित
20. जौ माल्ट सिरप
21. अपने मध्य-विद्यालय से पेंट्री और रेफ्रिजरेटर की वस्तुओं की

जाँच करने के लिए पूछें ताकि उनकी जाँच सही हो। लेबल को बहुत सावधानी से पढ़ने के लिए उसे निर्देशित करें, इसमें खाद्य पदार्थ और उस प्रकार के शर्करा के प्रकार को दर्ज करें।

22. समाप्त होने पर आपके बच्चे को परिणामों की उसकी मूल पूर्वानुमान के साथ तुलना करना चाहिए। प्रश्न प्रस्तुत करें, जैसे–
23. 'कितने आइटम वास्तव में चीनी होते हैं?'
24. 'क्या मीठा' आइटम सबसे चौंकाने वाला थे?' (उदाहरण के लिए मूंगफली का मक्खन, पटाखे, वनस्पति सूप, टमाटर सॉस)

41

सिल्वटें डालना! मधुमक्खी लिप बाल बनाना

Pucker up! Make Beeswase Lip Balm

आपके किशोरों को लगता है कि वह कट-पेस्ट कला और शिल्प के लिए बहुत बड़ा हो गया है, लेकिन वह कुछ उपयोगी और फैशनेबल बनाने के लिए खुशी होगी। मधुमक्खियों से बने होंठ बाम सरलतम—अपने आपकी गतिविधियों में से एक है, और यह मजे करना है। यदि आपके पास-पास के किसान के बजार में है, तो उसकी मोम के लिए वहाँ की

दुकान है, और उस खेत के बारे में थोड़ा-सा सीखिए जो यह हुआ। इसे स्थानीय स्तर पर खरीदने के लाभों के बारे में चर्चा करने का एक अवसर के रूप में उपयोग करें।

जिसकी आपको जरूरत है

- 2 बड़े चम्मच नारियल का तेल, 1 बड़ा चम्मच मोम, साढ़े चम्मच शहद
- ¼ छोटा चम्मच बेकिंग सोडा, कई साफ टिन के ढक्कन, या छोटे टिन या ग्लास जार
- 1 माइक्रोवेव सुसज्जित कटोरा, 1 कांटा या झटके, मोम कागज, सरन लपेटें या एल्यूमीनियम पन्नी
- आवश्यक तेल (वैकल्पिक)

आप क्या करते हो?

1. उसे माइक्रोवेव-सुरक्षित कटोरे में मक्खन और नारियल का तेल रखें। एक फर्म होंठ बाम के लिए उसे नरम होंठ बाम या पूरे चम्मच के लिए कम मोम का उपयोग करना चाहिए।
2. मोम पेपर के टुकड़े के साथ कटोरा को कवर करें और माइक्रोवेव में नारियल के तेल को 3 मिनट के लिए गरम करें, यह सुनिश्चित करें कि यह ज्यादा गरम न हो, यह सुनिश्चित करने के लिए हर 30 सेकेंड्स की जाँच करें।
3. मिश्रण पिघल जाने के बाद, उसे माइक्रोवेव से बाहर ले जाने के लिए कहें, सावधान रहना, इसे फैलाने या बर्नरयर न करें।
4. मिश्रण को बेकिंग सोड़ा, शहद और आवश्यक तेल जोड़ने के लिए उसे आमन्त्रित करें। झटके एक साथ, कांटा का उपयोग, कम से कम एक मिनट के लिए।
5. मिश्रण के बाद लगातार दिखाई देता है, उसे टिन के ढक्कन

या जार के बीच समान रूप से डालना।

6. उसे ध्यान से कंटेनरों को फ्रीज में रखें; शान्त होने दें। यदि आपके पास रेफ्रिजरेटर तक पहुँच नहीं है, तो उसे एक कूल इलाके में टिन के ढक्कन को एक तरफ सेट करने के लिए कहें, ताकि उसे कठोर होने का मौका मिले।
7. धूल से बाहर रखने और नमी रखने के लिए होंठ बाम के प्रत्येक टिपन पर प्लास्टिक की एक टुकड़ा रखें। छोटे जारों का उपयोग करते हुए, बस अपने साथियों के साथ उन्हें बन्द करें।
8. वह अपने लिए एक रख सकती है, और एक उपहार के रूप में दे सकती है। उसे अपने पसन्दीदा आवश्यक तेलों के साथ-साथ सही स्वाद और स्थिरता प्राप्त करने के लिए काम करने के साथ-साथ अपने घर का बना होंठ वाम को निजीकृत करें।

42

शर्मी डंक साइंस

क्या आप अपने छोटे दिनों से बाहर सूखना डिनक किट याद करते हैं? खैर, यादें वापस लाना और अपने मध्यम विद्यालय के लिए नए सिरे से बनाने के लिए घरेलू सामग्री का उपयोग करके झिल्लीदार डैंक बनाकर, पॉलिमर और प्लास्टिक के विज्ञान के बारे में सीखते हुए।

जिसकी आपको जरूरत है

- रंगीन पेंसिल, sandpaper कैंची, छेद बनाना, तार
- ओवन, कुकी शीट, पॉट धारक

6 प्लास्टिक के कंटेनर (अपने घर के आसपास कंटेनरों के नीचे के रीसाइक्लिंग नम्बर पर गौर करें। आप चाहते हैं कि किराने की दुकान सलाद सलाखों में आमतौर पर कंटेनर के रूप में इस्तेमाल किए गए स्पष्ट प्लास्टिक। वैकल्पिक रूप से, अपने स्थानीय शिल्प भंडार में # 6 प्लास्टिक की कुछ चादरें खरीदें–बेहतर फिर भी, उन्हें दोनों की कोशिश करें और परिणाम की तुलना करें)।

आप क्या करते हो?

1. ओवेन को पहले तीन सौ पचास डिग्री फॉरेनहाइट तक गर्म करें।
2. प्लास्टिक के कंटेनर को मोटेतौर पर प्लैट शीट में काट लें

और रेत के एक तरफ रेत के साथ एक तरफ सैंडपेपर करें।

3. विभिन्न आकारों में प्लास्टिक शीटों को काटें। छेद पंच का उपयोग करें ताकि उसे पकाया जाने के बाद सूखने वाले डंक के माध्यम से एक स्ट्रिंग धागे को छेद कर दें।
4. प्लास्टिक शीट्स के पक्ष को रंगाने के लिए रंगीन पेंसिल का उपयोग करें। रचनात्मक बनो।

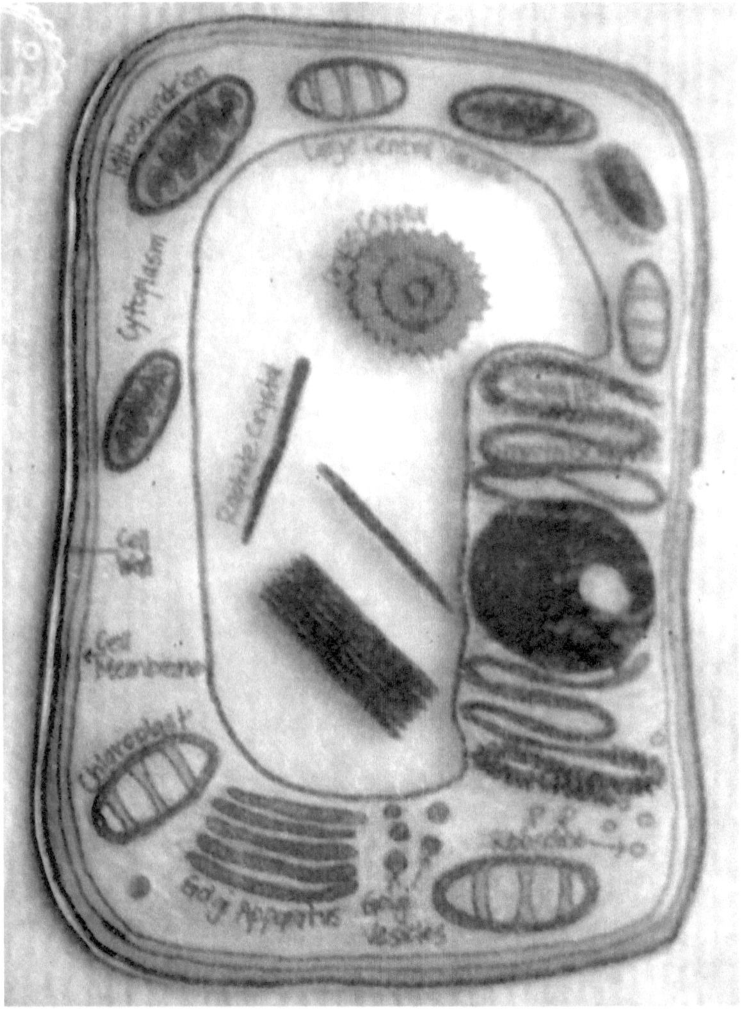

5. कुकी शीट पर समाप्त टुकड़े रखें। ओवन में कुकी शीट रखें और प्लास्टिक को सिकुड़ने के लिए देखें। विचलित मत हो, इसमें कुछ मिनट लगते हैं, लेकिन एक बार जब प्लास्टिक सिकुड़ने लगती है, तो यह जल्दी से होता है! एक बार जब पलास्टिक प्लास्टिक की चादर पर अधिकतर सपाट हो जाती है, तब सूंघी डंक ने 'सिकुड़' किया है। पूरी प्रक्रिया में केवल तीन मिनट लग सकते हैं, देना या थोड़ा लेना चाहिए।
6. ओवन से कुकी शीट को हटाने के लिए पॉथोल्डर का उपयोग करें सँभालने से पहले कूल्हों को शान्त करने के लिए कुछ मिनट की अनुमति दें। अगर वांछित छेद के माध्यम से धागा स्ट्रिंग।

43

ऐंटीसिड पोटेंसी

उद्देश्य

जब एक एसिड और एक आधार गठबन्धन होता है, आधार रासायनिक प्रतिक्रिया में एसिड को बेअसर करता है। इस तरह से एंटीसिड्स भी काम करते हैं। यह प्रोजेक्ट यह जाँच करेगा कि लीनू रस को निष्क्रिय करने में कौन से एंटीसिड्स सबसे ताकतवार हैं।

सामग्री

- अंगूर का रस (कोई चीनी नहीं जोड़ा गया) आँख की ड्रॉपर, नींबू का रस।
- कई टेस्ट ट्यूब, तरल एंटीसिड्स के कई अलग-अलग प्रकार, प्रयोगिक विधि।

1. प्रत्येक टेस्ट ट्यूब में अंगूर के रस के दस बूँदें जोड़ें। अंगूर का रस एक प्राकृतिक एसिड-बेस संकेतक है, इसीलिए यह रंगों को बदलता है, इस पर निर्भर करता है कि क्या इसका समाधान अम्लीय या मूल है।
2. आईड्रोप पर पूरी तरह से कुल्ला!
3. प्रत्येक टेस्ट ट्यूब में नींबू का रस (एसिड) के दस बूंदे जोड़ें।
4. प्रत्येक टेस्ट ट्यूब को आप तरल एंटीसिड्स में से एक के

नाम से लेबल कर सकते हैं।

5. पहली एंटीसिड जोड़ें, ड्रॉप से ड्रॉप, पहले टेस्ट ट्यूब में! जैसे ही समाधान रंग बदलता है, जैसे ही रोकें रंग परिवर्तन का मतलब है कि एंटीसिड ने नींबू के रस में एसिड को निष्क्रिय कर दिया है।
6. नीचे की सारणी जैसे तालिका में, एसिड को बेअसर करने के लिए आवश्यक बूंदों की संख्या रिकॉर्ड करें।
7. इस प्रक्रिया को शेष प्रकार के एंटीसिड्स के साथ दोहराएँ, जिसमें शेष प्रत्येक टेस्ट ट्यूब के लिए एक एंटीसिड की बूँदें शामिल होंगी।
8. अपना डेटा रिकॉर्ड करें कौन-सा एंटीसिड को सबसे तेज कर दिया गया? वह आपको उस एंटीसिड के बारे में क्या बताता है?
9. **शर्तें/अवधारणा**—एसिड और आधार—निराकरण; पेट का कारण क्या होता है?

44

शिकन हटाना उत्पाद

1. उत्पादों की एक संख्या चुनें जो झुर्रियों को कम करने और झुर्रियों की संख्या को कम करने में सबसे अधिक प्रभावी है, यह निर्धारित करने के लिए दावा किया जाता है।
2. सूचना स्तर पर छात्रों को विभिन्न कॉस्मेटिक सामग्री की खोज करने का अवसर मिलेगा, जो कि बुढ़ापे की प्रक्रिया में सुधार करने और महिलाओं की त्वचा को पुनः स्थापित करने और युवाओं की उपस्थिति में सुधार के बजाय नाटकीय परिणाम देने का दावा कर रहे हैं। क्या यह उत्पाद वास्तव में 'युवाओं के फव्वारे के नमूनों' है? क्या रसायनज्ञों और जीवविज्ञानियों ने रासायनिक उत्पादों का निर्माण किया है? क्या इन दावों के लिए ठोस सबूत है? क्या विज्ञापित उत्पाद अच्छे पुराने जमाने वाले साबुन और पानी, एक सरल न्यूरूइजर और एक सूर्य अवरोधक की तुलना में अधिक प्रभावी है? त्वचा की प्रकृति पर सूर्य के प्रदर्शन के प्रभावों के बारे में अनुसन्धान हमें क्या बताता है? झुर्रियाँ कैसे बनती है? किस प्रकार की परिस्थितियों में? इस प्रयोग में इस जाँच में व्यावहारिक और रोमांचक दोनों क्या हैं, यह 'दिलचस्प' दावों पर एक वास्तविक नजरिया लेने का अवसर है!
3. इस प्रोजेक्ट की पद्धति के लिए, यह विज्ञान मेला प्रयोग भी

छात्रों को एक नियन्त्रण के उपयोग के महत्व को समझने की आवश्यक प्रक्रियाओं के साथ परिचित करता है, आश्रित और स्वतन्त्र, चर, चित्र संग्रह, चित्रमय और ग्राफिक आँकड़ों की प्रस्तुति और उनके निष्कर्षों की वैधता और विश्वसनीयता के बारे में बेहतर निर्णय करने में सक्षम होने के नाते। वे वैज्ञानिकों की भूमिका निभाते हैं और इस प्रक्रिया में एक के रूप में व्यवहार करते हैं।

4. उत्पाद जो झुर्रियों को कम करने का दावा करते हैं जैसे कि
5. आर ओसी (रेटिनॉल कोर्रेक्सियन) दीप रिंकले डेली मॉइवरिजर
6. समतल, Q 10 के साथ एक त्वचा फार्मिंग मॉइश्चराइजिंग लोशन।
7. स्ट्रिब्टीकिन-एसडी, जो मौजूदा खंड के निशान के लिए एक गहन ध्यान केन्द्रित है।
8. ओले, लोहेशन, साबुन, पानी, एक न्यूरोराइजर, क्यू 10 के साथ सूरज ब्लॉक के कारण एक उम्र
9. कैमरा
10. उन सभी सामग्रियों को इकट्ठा करें जिन्हें आपको इस प्रयोग के लिए आवश्यकता होगी। इनमें आरओसी (रेटिनोल जंग) एक डिप रिंकल डेली मॉइवरूरिजर, इक्वेट, एक त्वचा फर्मिंग मॉइस्चराइजिंग लोशन, क्यू 10 के साथ टिन-एसडी, मौजूदा फैब्रिक, मार्क्स, ओले, एक उम्र धराशायी लोशन, क्यू 10 के साथ एक न्यूरॉइराइजर, एक सूर्य अवरोधक, साबुन, पानी, तौलिए, एक कैमरा, एक पेन, अपनी तस्वीरों को संगृहीत करने के लिए फोल्डर्स, नीचे दिए गए चार्ट और आपके कैमरा।
11. नीचे दिए गए डेटा चार्ट की प्रतिलिपि बनाएँ। पहले और बाद के चरणों के साथ-साथ प्रोजेक्ट में शामिल प्रतिक्रियाओं को

उजागर करने वाले किसी भी अन्य व्यक्ति के लिए अपने फोल्डर्स लेबल करें।

12. विषयों को प्राप्त करें भाग लेने के लिए अपने दादा-दादी के साथ-साथ स्थानीय सीनियर सेंटर के सदस्यों से पूछें। आप उन लोगों की संख्या पर आश्चर्य-चकित हो सकते हैं जो स्वयं सेवक होंगे! यह प्रत्येक श्रेणी में कम से कम दो विषयों में शामिल होना बुद्धिमान होगा, जिसमें दो समूह शामिल होंगे, जो साबुन और पानी, न्यूरॉइराइजर और सूरज ब्लॉक संयोजन का उपयोग करेंगे। आप समूह को संशोधित नियन्त्रण के रूप में देख सकते हैं। हालांकि यदि नहीं, तो प्रत्येक समूह में एक उप-थैला हो। अपने उद्देश्य और अपनी प्रक्रिया को बताएँ, अर्थात् आप चेहरे की तस्वीरों से पहले और बाद में लेंगे जो साबुन और जल समूह को छोड़कर प्रत्येक समूह को उत्पाद के साथ प्रदान किया जाएगा और तीन सप्ताह के लिए दैनिक आधार पर निर्धारित उत्पाद का उपयोग करना होगा। निश्चित करें कि आपके विषयों में एलर्जी नहीं है।
13. समझाएँ कि आप समूह के साथ परिणाम साझा करेंगे और प्रत्येक भागीदार को अन्तिम रिपोर्ट की एक प्रति प्राप्ति होगी।
14. चार समूहों या चार विषयों को उत्पादों के साथ प्रदान करें और फार्मास्युटिकल कम्पनी द्वारा दिए गए निर्देशों के आधार पर पालन की जाने वाली प्रक्रियाओं की समीक्षा करें। समझाइए कि आप हर सप्ताह प्रगति या प्रगति की कमी रिकॉर्ड करने के लिए हर हफ्ते कम करेंगे और उस तस्वीर को हर बार लिया जाएगा और कोई अन्य डेटा इकट्ठा किया जाएगा—जो कि महत्वपूर्ण के रूप में देखते हैं।
15. तीन बैठकों के लिए एक शेड्यूल सेट करें।

16. सभी विषयों की तस्वीरों को लेकर पहले शुरू करें प्रत्येक विषय को उन उत्पादों के साथ प्रदान करें जो वे दैनिक आधार पर उपयोग करेंगे। एक फोन नम्बर के साथ प्रत्येक विषय प्रदान करें ताकि वे आवश्यकतानुसार आपसे सम्पर्क कर सकें।
17. हर हफ्ते अपनी तस्वीरें ले लो अपने विषयों से आपकी टिप्पणियों और प्रतिक्रियाओं को रिकॉर्ड करें।
18. तीन सप्ताह के अन्त में, सभी फोटो और डेटा की समीक्षा करें। अपनी रिपोर्ट लिखें अपनी रिपोर्ट पुन उत्पन्न करें ताकि सभी प्रतिभागियों के पास एक कॉपी हो। अपनी सहायता के लिए उनका धन्यवाद करते हुए अपने विषयों के साथ परिणामों पर चर्चा करें! झुर्रियों या कम झुर्रियों, यह निश्चित रूप से एक दिलचस्प अनुभव था!

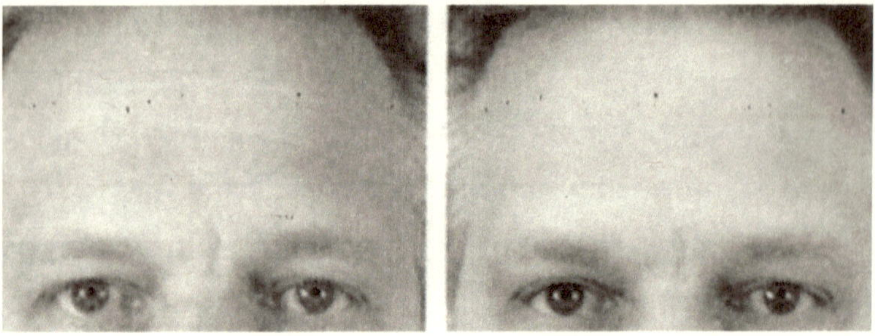

45

पॉलिमर के गुण

निर्धारित करें कि पॉलिमर के गुण कैसे बदला जा सकता है। सूचना स्तर पर, छात्र कार्बनिक यौगिकों से परिचित हो जाता है जिन्हें पॉलिमर कहा जाता है। पॉलिमर अणुओं में सहसंयोजक बन्धनों द्वारा एक साथ बड़ी संख्या में परमाणु होते हैं एक सहसंयोजक बन्धन दो परमाणुओं के बीच एक रासायनिक सम्बन्ध है और परमाणुओं के बीच के क्षेत्र में साझा इलेक्ट्रॉनों द्वारा उत्पादित किया जाता है। उदाहरण के लिए, पानी में ओ परमाणु और एच परमाणु के प्रत्येक के बीच एक सहसंयोजक बन्धन है। पॉलिमर प्रकृति में पाए जाते हैं इनमें स्टार्च और सेल्यूलोज शामिल है पॉलिमर भी आदमी बना रहे हैं इनमें प्लास्टिक, सिंथेटिक फाइबर जैसे नायलॉन और सिंथेटिक रबर शामिल हैं इस परियोजना में, छात्र इस बहुलक के गुणों को बदलने का प्रयास करेंगे। इस प्रक्रिया में, छात्र पहली बार एक परिकल्पना तैयार करके वैज्ञानिक पद्धति का उपयोग कर रहे होंगे, एक व्यवस्थित तरीके से परिकल्पना का परीक्षण कर रहे हैं, रिकॉर्डिंग टिप्पणियों, डेटा का विश्लेषण और एक सम्भव निष्कर्ष यह जैविक रसायन विज्ञान के लिए एक उत्कृष्ट परिचय है।

- सुरक्षा चश्मे, प्रयोगशाला, कोट, तहबन्द, दस्ताने
- 2 छोटे समान गिलास जार, 50 मिलीमीटर सफेद-गोंद समाधान में 15 एमएल

- 5 एमएल का 4 प्रतिशत बोराकस समाधान (इस समाधान को छूना नहीं)
- 1 भारी शुल्क प्लास्टिक स्वयं ताला बैग

इन सामग्रियों को विज्ञान किट या रसायन विज्ञान से खरीदा जा सकता है।

इस परियोजना के लिए आवश्यक सभी सामग्री इकट्ठा करें इनमें सुरक्षा चश्मा, प्रयोगशाला कोट या एप्रन, दस्ताने, 2 छोटे समान ग्लास, जार, 50 मिलीलीटर सफेद-ग्लू समाधान, 5 एमएल 4 प्रतिशत बोराकस समाधान (इस समाधान को छूने नहीं), 1 भारी शुल्क प्लास्टिक स्व-ताला बैग।

1. नीचे दिए गए डेटा चार्ट को पुनः उत्पन्न करें ताकि आप आसानी से अपनी टिप्पणियाँ रिकॉर्ड कर सकें।
2. अपने परिकल्पना तैयार और रिकॉर्ड करें आप इस परीक्षा का नतीजा या नतीजा क्या करेंगे?
3. अपनी सुरक्षा गियर पर डालें छोटे जारों में से एक में सफेद-ग्लू समाधान के 15 एमएल डालो!
4. समाधान का निरीक्षण करें और अपने डेटा चार्ट में अपनी टिप्पणियाँ रिकॉर्ड करें समाधान रंग और गन्ध नोट करें।
5. इससे पहले कि आप बनावट को नोट करें, सावधानी से जार चारों ओर झुंड। समाधान को स्पर्श न करें।
6. गन्ध पाने के लिए, अपनी नाक को जार में न रखें, बस जार के शीर्ष प्रशंसक।
7. अब, सावधान, बोरक्स, समाधान को स्पर्श न करें। 5 एमएल ऑफ बोरैक्स सॉल्यूशन के साथ दूसरे जार को भरने के लिए देखभाल का उपयोग करें। अपने डेटा चार्ट में बोरैक्स समाधान पर अपनी टिप्पणियाँ रिकॉर्ड करें! चरणों #6 और 7 के रूप में उसी प्रक्रिया का उपयोग करें।

8. अब आप एक गोंद समाधान के साथ सामना कर रहे हैं। प्लास्टिक बैग में समाधान डालें!
9. अब बोरैक्स समाधान को दूसरे जार से बैग में जोड़े। बैग बन्द करें।
10. अब बैग के माध्यम से समाधान डालो। उन्हें समान रूप से मिश्रित करने का प्रयास करें किसी भी तरल रहने न दें।
11. अब बैग से उत्पाद को हटा दें, थोड़ा-सा गूंध लें। बन्द करो और उन हाथों को धो लें।

डेटा चार्ट में अपनी टिप्पणियाँ रिकॉर्ड करें

1. अपने पॉलीविनाइल एसीटेट के रूप में जाना एक बहुलक का उत्पादन किया है इसके गुणों की खोज करें।
2. अपनी रिर्पोट लिखें क्या आपको लगता है कि बोरैक्स समाधान के साथ मिश्रित होने के बाद बहुलक अणुओं का क्या हुआ? आपको क्या लगता है कि बोरैक्स खेला जाता है? क्या एक बहुलक के गुण बदल सकते हैं? इस सबको सफेद गोंद के साथ क्या करना है? क्या आप बता सकते हैं कि गोंद सभी

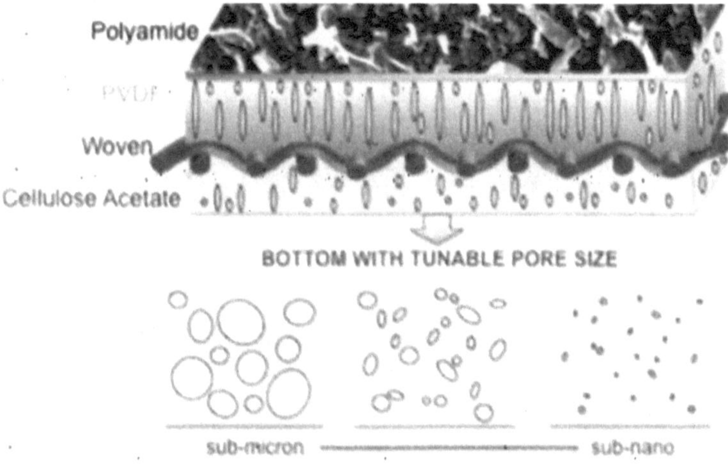

चीजों को एक साथ बाँध करने के लिए कैसे कार्य करता है? जब गोंद सुखाने जा रहा है तो बहुलक अणुओं का क्या होता है? क्या एक रासायनिक प्रतिक्रिया हुई है? आपको कैसे मालूम?

3. आप उत्पाद से पहले और बाद में तस्वीरें ले सकते हैं? इसे अपनी रिपोर्ट में गोंद! सौभाग्य! अपनी ग्रन्थसूची को शामिल करने के लिए मत भूलना।

46

सफेद ट्रे बनाम ह्वाइटस्ट्रिप्स : कौन से विदरन दाग बेहतर हैं?

उद्देश्य

इस प्रयोग में, हम दो अलग-अलग और लोकप्रिय प्रकार के दाँत-चमकाने वाले उत्पादों की प्रभावशीलता की तुलना करेंगे, क्रेस्ट ह्वाइटेस्ट्रिप्स और एक्वाफेथ ह्विटेट्रे!

सामग्री

- क्रेस्ट ह्वाइटेस्ट्रिप्स प्रीमियम-7 दिन (इन परीक्षाओं में से आपके चुने हुए नम्बरों के लिए पर्याप्त बक्से)
- एक्वाफेर ह्वाइट ट्रे (आपके चयनित विषयों की संख्या के लिए इनमें से पर्याप्त बक्से)
- टेस्ट विषयों जो ध्यान देने योग्य दाँतों की जरूरत है।
- एक कैमरा, नोट्स के लिए पेन/पेपर

प्रायोगिक विधि

1. अपने परीक्षण विषयों को दो समूहों में अलग करें—एक सफेद ट्रे का उपयोग करने के लिए और दूसरी स्ट्रिप्स का उपयोग करने के लिए

2. बाद के साथ परिणामों की तुलना करने के लिए 'पहले' के रूप में उपयोग करने के लिए फोटो लें
3. इनई सप्ताह के लिए निर्देश के रूप में अपने परीक्षण विषयों को ह्वाइटरट्रेज और ह्वाइटरस्ट्रीप का उपयोग करने के लिए निर्देशित करें।
4. एक हफ्ते के बाद, फिर दाँतों की एक तस्वीर ले लो और देखें कि क्या कोई बड़ा अन्तर है।
5. जो एक बेहतर समग्र काम का मूल्यांकन करें।
6. **शर्तें/अवधारणाएँ**—दाग, मीना, दाँत चमकाना
   1. संयंत्र और पशु फैट तथ्य
   2. सामग्री की उपलब्धता
   3. एक किराने की दुकान पर आसानी से उपलब्ध या आसानी से खरीदा जा सकता है।
   4. परियोजना को पूरा करने के लिए लगभग आवश्यक समय
   5. डेटा एकत्र करने के लिए एक दिन; एक दिन परिणाम लिखने और विज्ञान निष्पक्ष प्रदर्शन तैयार करने के लिए।
   6. लक्ष्य
   7. पौधे और पशु वसा की तुलना करें
   8. मक्खन का एक बड़ा चमचा (कमरे के तापमान)
   9. वनस्पति तेल का 1 बड़ा चमचा
   10. पानी
   11. मास्किंग टेप
   12. कलम
   13. ब्राउन पेपर बैग
   14. 3 पुनः सील योग्य प्लास्टिक बैग
   15. 3 कपास झाड़ू

16. तीन प्लास्टिक के भूसे
17. कांच का प्याला
18. मापने के कप
19. मोम कागज
20. 2 साफ प्लास्टिक के कप

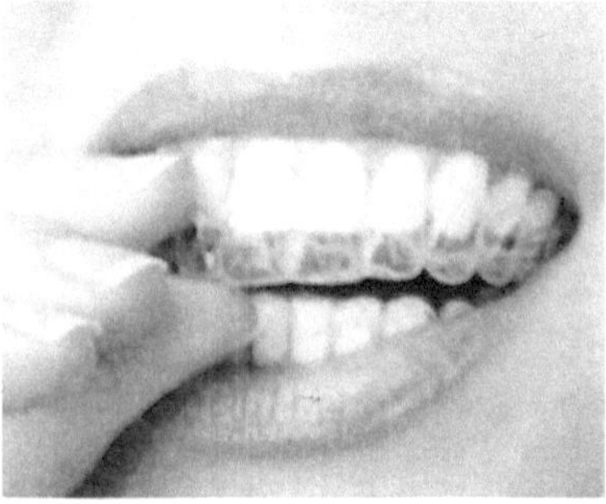

हमें पौधे और पशु स्त्रोतों से वसा मिलता है मूंगफली का तेल, जैतून का तेल और वनस्पति तेल सभी वसा हैं जो पौधों से आते हैं। मांस के एक टुकड़े पर वसा पशु वसा का एक उदाहरण है मक्खन एक पशु वसा भी है क्योंकि यह गाय के दूध से आता है।

इस जाँच में, छात्र समानता और पौधे और पशु वसा के बीच के अन्तर के बारे में निष्कर्ष देखेंगे, रिकॉर्ड करेगा और सूखेंगे!

शर्तें

वसा—चिकना पदार्थ पौधों और जानवरों में ऊतक के गठन

अवधारणाओं

वसा पौधों और जानवरों से आते हैं वसा हमारे दैनिक पोषण के लिए महत्वपूर्ण हैं

आवश्यक सामग्री इकट्ठा

1. फिर से सीलाबल प्लास्टिक बैग 'पानी', 'मक्खन', और 'तेल' लेबल करें।
2. उपयुक्त प्लास्टिक बैग में पानी, मक्खन, और सब्जी रखें

और कसकर मुहरें। निरीक्षण और रिकॉर्ड करें

3. एक व्यस्क को कटोरे में 2 कप गर्म नल का पानी डालना
4. पानी में सील प्लास्टिक बैग रखें। लगभग 5 मिनट के लिए गर्म पानी में प्लास्टिक बैग छोड़ दें परिवर्तनों को देखें और रिकॉर्ड करें
5. गर्म पानी से प्लास्टिक बैग निकालें सुझावों को गीला करते हुए प्रत्येक बैग में एक कपास झाड़ू को ध्यान में रखकर ध्यान दें। प्लास्टिक की थैलियों को रिसाल करें भूरे पेपर बैग के उपयुक्त खंड पर प्रत्येक कपास झाड़ू को रखें। पाँच मिनट प्रतीक्षा करें। परिवर्तनों को देखें और रिकॉर्ड करें।
6. टेबल पर मोम पेपर का एक टुकड़ा रखें। मास्किंग टेप का इस्तेमाल करते हुए, मोम पेपर पर तीन अनुभाग बनाएँ और 'पानी', 'तेल' और 'मक्खन' वर्गों को लेबल करें। स्ट्रॉड्स का उपयोग करके, बैग से प्रत्येक तरल की एक बूँद को हटा दें और इसे उपयुक्त सेक्शन पर रखें। प्रत्येक तरल के लिए एक अलग पुआल का प्रयोग करें। निरीक्षण और रिकॉर्ड करें।

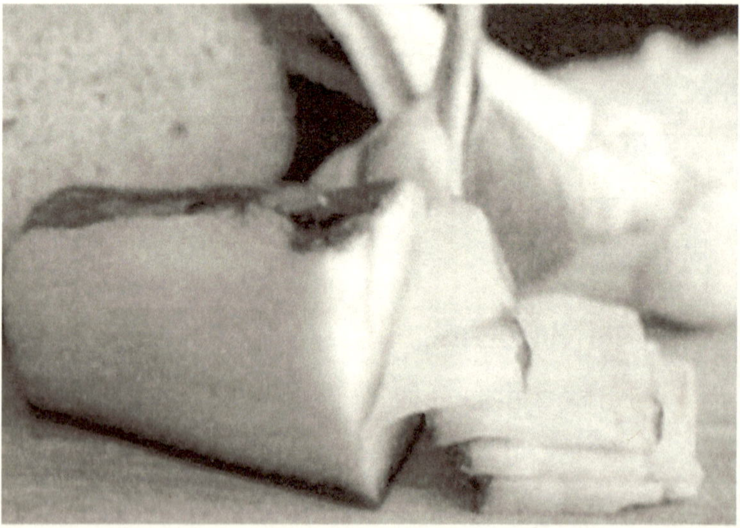

7. तरल पदार्थ को सावधानी से मिश्रण करने के लिए भूसे का प्रयोग करें—पानी/तेल, पानी/मक्खन, और मक्खन/तेल/प्रत्येक मिश्रण के बाद निरीक्षण करें और रिकॉर्ड करें
8. दो कप 'तेल' और 'मक्खन' लेबल करें।
10. प्रत्येक कप में आधा कप पानी डालो फिर प्लास्टिक बैग से तेल या मक्खन को उचित कप में जोड़ें। निरीक्षण रिकॉर्ड करें।

47

बिल्कुल सही कुकी की खोज में

उद्देश्य

जाँच करने के लिए कि किस प्रकार की कुकी शीट सबसे अच्छी कुकीज बनाती है

कौन ओवन से एक गर्म gooey कुकी सही प्यार नहीं करता है? कई अलग-अलग कारक हैं जो सही कुकी बनाते हैं, लेकिन जाँच के लिए पकाना शीट की जाँच की जाएगी।

सामग्री

- 3 या 4 बेकिंग शीट्स जैसे कि नॉनस्टिक, एल्यूमीनियम, इंसुलेट, आदि के विभिन्न कोटिंग्स के साथ। कुकी आटा और कुकी पकाना निर्देश ओवन, घड़ी
- रंग

प्रायोगिक विधि

1. आवश्यक सामग्री इकट्ठा
2. कुकी दिशाओं के अनुसार पहले से गरम ओवन। कुकी दिशाओं के अनुसार प्रत्येक पैन को तैयार करें।
3. कुकी दिशाओं के अनुसार कुकी आटा के चम्मच के साथ

प्रत्येक ट्रे को भरें।

4. एक समय में, एक कुकी ट्रे को ओवन में कुकी आटे के साथ रखें। निर्देशों के अनुसार टाइमर सेट करें टाइमर बन्द होने पर, तुरंत ओवन से कुकीज निकाल दें कुकीज को शान्त करने दें।
5. कुकी आटा के दूसरे ट्रे के साथ चरण 4 को दोहराएँ जिससे कि उन्हें ओवन में एक ही ट्रैक पर रखें और उसी समय के लिए पकाना!
6. कुकीज की तुलना करें और अपने अवलोकनों को रिकॉर्ड करें!
7. डेटा का विश्लेषण करें और निष्कर्ष निकालें।
8. **शर्तें/अवधारणाएँ**–टेफ्फ्लोन–नॉनस्टिक कोटिंग का एक ब्रांड/आचरण गर्मी संचारित करने के लिए विभिन्न कूकी शीट विभिनन तरीकों से गर्मी का संचालन करते हैं।

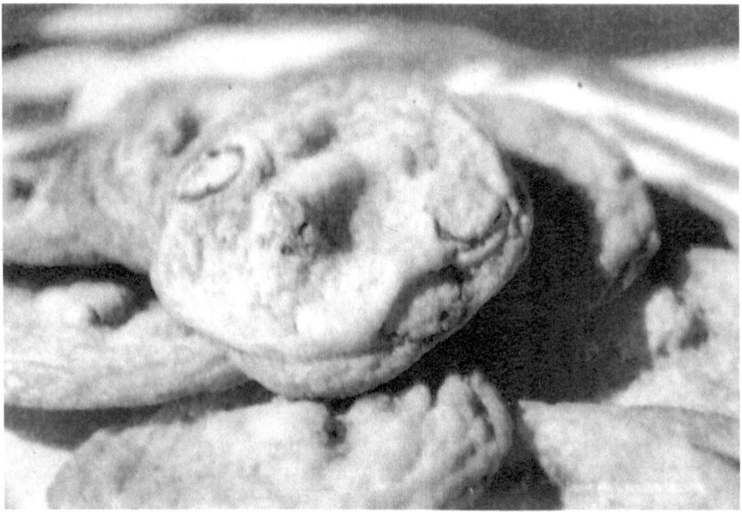

48

क्या हाइड्रोजेल क्रिस्टल को ड्रग डिलीवरी सिस्टम के रूप में इस्तेमाल किया जा सकता है?

अन्वेषक को क्रिस्टल को निगलना नहीं चाहिए या गतिविधि से जुड़ा तरल पदार्थ पीना चाहिए। परियोजना में इस्तेमाल किए जाने वाले क्रिस्टल को गिराए जाने पर बहुत अधिक फिसलन होता है। इस क्रिस्टल को नाल में कभी भी फ्लश या डालना नहीं होता है, क्रिस्टल सूजन सम्भवतः ड्रेनेपिप को रोक सकती है रातोंरात काढ़ा करने के लिए छोड़ दें इसके अलावा इस परियोजना में उपयोग किए जाने वाले गर्म पानी और गर्म चाय का काढ़ा सँभालने पर देखभाल का प्रयोग किया जाना चाहिए।

सामग्री की उपलब्धता

1. इस परियोजना के लिए आवश्यक सामग्री आसानी से उपलब्ध और सस्ती है।
2. हाइड्रोजेल क्रिस्टल, क्रिस्टल, पॉलिमर, नियन्त्रण, ड्रग डिलीवरी सिस्टम और सुपरबेससोबेंट पॉलिमर
3. चाय के बर्तन वाले बड़े चाय वाले बर्तन में उबलते आसुत जल डालना द्वारा एक मजबूत चाय समाधान तैयार करें। यदि आसुत जल उपलब्ध नहीं है, तो नल का पानी इसके बजाय इस्तेमाल किया जा सकता है।

4. रातोंरात काढ़ा करने के लिए छोड़ दें गर्म पानी और गर्म चाय का काढ़ा सँभालने पर देखभाल का प्रयोग किया जाना चाहिए।
5. कुछ चाय को एक स्पष्ट प्लास्टिक कप में रखें कई हाइड्रोजेल क्रिस्टल जोड़ें धीरे से हलचल करें और कम से कम आधे घंटे तक या रातोंरात न छोड़ें।
6. क्रिस्टल छोटे कणों से बड़े क्रिस्टल तक बढ़ जाएँगे। यदि वे चाय के रंग पर ले जाते हैं तो यह दर्शाता है कि चाय भी अवशोषित हो गई है।
7. मिश्रण छानो क्रिस्टल के कुछ छलनी से बाहर निकलने के मामले में सिंक के बजाय बड़े कंटेनर पर ऐसा करना सबसे अच्छा है। किसी भी अतिरिक्त चाय को हटाने के लिए जेल क्रिस्टल को ध्यान से एक या दो बार पानी में धो लें।
8. सफेद कागज के एक टुकड़े पर तीन स्पष्ट प्लास्टिक के कप या चश्मा रखें पानी में टेबल नमक भंग करके नमक समाधान तैयार करें।
9. प्रत्येक कप में क्रिस्टल की बराबर संख्या रखें तो नमक के 200 सेंटीमीटर (200 मिलीलीटर) नमक के समाधान को एक और 200 सेंटीमीटर 3 डिस्टिल्ड वॉटर को दूसरे में जोड़ें। उसमें पानी के साथ कप में से एक में चीनी का एक चम्मच

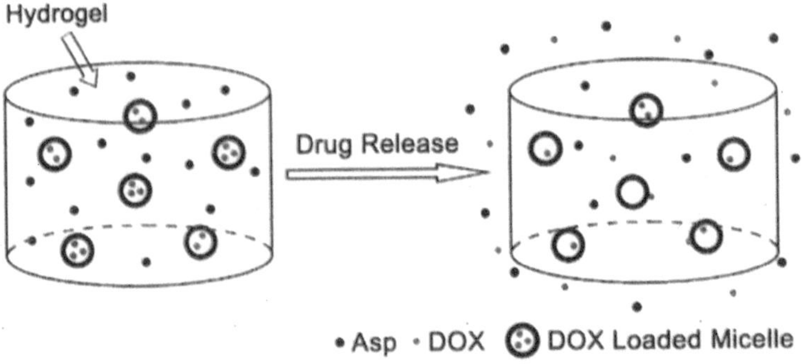

जोड़ें। कप लेबल करें।

10. मिश्रण को हल्के ढंग से हर एक के लिए एक अलग सरगर्मी, बर्तन का इस्तेमाल करते हुए हल करें ताकि समाधान पार-दूषित न हो जाए। 10-15 मिनट के लिए छोड़ दो, कभी-कभी क्रियाशीलता।
11. प्रत्येक कप से तीन नए कप में कुछ समाधान डालें कप पर आने से किसी भी क्रिस्टल को रोकने के लिए छलनी का प्रयोग करें। ध्यान से प्रत्येक तरल के रंग को ध्यान से देखें और दिखाए गए एक जैसा डेटा तालिका में परिणाम रिकॉर्ड करें!

49

भंग पैकिंग मूँगफली

कभी-कभी पैकेज का सबसे अच्छा हिस्सा पैकिंग मूंगफली है। वे इंच लम्बा, झुर्रीदार टुकड़े हैं जो लम्बी दूरी को भेजते समय टूटने से चित्रों के फ्रेम और कप जैसे नाजुक चीजों की रक्षा करते हैं। मूँगफली के पैकिंग के दो प्रकार होते हैं, स्टार्च से बने, जो टूटना आसान है, और पॉली स्टायर्न से बना होते हैं, जो कि टूटना मुश्किल है। मूंगफली का पैक करना एक महत्वपूर्ण काम करता है, लेकिन बॉक्स आने के बाद वे बहुत-सी जगह लेते हैं। जिन लोगों और व्यवसायियों को उनके लिए चीजें भेज दी गई हैं उन्हें उनके कूड़ा के डिब्बे को भरने के बिना, अपने पैकिंग मूंगफली से छुटकारा पाने की जरूरत है। सौभाग्य से, स्टार्च पैकिंग मूंगफली को तोड़ने के कई तरीके हैं आपकी नौकरी सबसे अच्छा एक खोजने के लिए है।

समस्या

पदार्थ क्या स्टार्च पैकिंग मूंगफली का सबसे तेज है?

सामग्री

- 8 बराबर आकार स्टार्च पैकिंग मूंगफली, मीट्रिक शासक
- 8 साफ कप या चश्मा, पानी, ¼ कप मापने चम्मच, स्टोव या माइक्रोवेव

- बर्फ के टुकड़े, 8 चम्मच, चीनी, नमक, वनस्पति तेल
- सिरका, कोई अन्य पदार्थ जिसे आप परीक्षण में रुचि रखते हैं, घड़ी

प्रक्रिया

1. सबसे पहले, डेटा तालिका सेट करें जो ऐसा कुछ दिखती है अपनी पसन्द के उपचार के नाम के साथ 'उपचार' नामक कॉलम में आइटम 7 और 8 भरें।
2. शासक का उपयोग, सेंटीमीटर में सिंगल पैकिंग मूंगफली की लम्बाई और चौड़ाई को ध्यान से रखें। अपने डेटा तालिका के 'पहले' कॉलम में अपना माप रिकॉर्ड करें। आपके मूंगफली एक समान होने चाहिए।
3. इसके बाद, मूंगफली के लिए उपचार सेट करें।
4. पहले कप में कमरे के तापमान के पानी का ¼ कप रखो।
5. दूसरे कप में कुछ बर्फ के टुकड़े को ¼ कप पानी में जोड़ें।
6. तीसरे कप के लिए बड़े हो चुके हैं स्टोव पर या माइक्रोवेव में ¼ कप पानी गर्म करने में आपकी सहायता करें।
7. चौथा कप में ¼ कप पानी डालो और सन्तृप्त समाधान बनाने के लिए पर्याप्त नमक जोड़ें। एक सन्तृप्त समाधान में एक निश्चित तापमान पर बहुत भंग सामग्री होती है। आप बता सकते हैं कि आपके नमक को सन्तृप्त समाधान बनाने के लिए पर्याप्त नमक जोड़ा है, जब कुछ नमक कप के नीचे रहता है, तब भी जब आप इसे हल कर लेते हैं।
8. पाँचवें कप में ¼ कप पानी डालो और एक और सन्तृप्त समाधान बनाने के लिए पर्याप्त चीनी जोड़ें।
9. छिलके कप में तेल के कप का उपाय करें।
10. अगले दो कप के लिए अपनी पसन्द के उपचार को सेट करें

(या फिर आप अपने पहले प्रयोग के परिणामों को देखते हुए दूसरे दौर के लिए इन्हें परीक्षण करना चाहते हैं)

11. आप जिस उपचार को सोचते हैं वह मूंगफली का सबसे तेज तरीका है। आपके द्वारा बनाई गई परिकल्पना के पीछे आपका तर्क क्या है?
12. सुनिश्चित करें कि प्रत्येक कप में एक चम्मच है, और प्रत्येक के लिए एक स्टार्च मूंगफली जोड़ें। आप एक ही समय में सभी मूंगफली क्यों जोड़ना चाहते हैं?
13. अपने कप में सभी मूंगफली हिलाओ। आप यह ध्यान रख सकते हैं कि मूंगफली दूसरों की तुलना में कुछ उपचार में बेहतर तैरती है। यह सुनिश्चित करने के लिए कि मूंगफली का आच्छादित हो।
14. 10 मिनट के लिए सरगर्मी और निरीक्षण जारी रखें।
15. एक ही समय में उपचार से मूंगफली निकालें, और अपने कप के बगल में जगह दें।
16. प्रत्येक मूंगफली की लम्बाई और चौड़ाई को मापें, और अपने डेटा तालिका में इन मापों को रिकॉर्ड करें। अपने अवलोकन कॉलम में मूंगफली बनावट के बारे में कोई भी नोट लें।

50

एक शेदर में : क्या सूड्स बात है?

उद्देश्य

यह पता लगाने के लिए कि सूड-मुक्त सफाई एजेंट केवल वैसे ही काम करता है, जो कि सूड उत्पन्न करता है।

सामग्री

- स्पष्ट दाग वाले दो गन्दे तौलिए
- सुदशी सफाई एजेंट (शैम्पू, तरल या डिटर्जेंट डिशेज करने वाला) हो सकता है
- गैर-सूदसी सफाई, एजेंट, गन्दे तौलिए रखने के लिए दो बाल्टी, पानी

प्रायोगिक विधि

1. दो समान रूप से गन्दे तौलिए लें और प्रत्येक को एक अलग बाल्टी में रखें। एक बाल्टी लेबल 'सूदसी' और एक 'गैर-सूदसी'!
2. सफाई एजेंटों को तद्नुसार जोड़ें।
3. दोनों बाल्टी के लिए समान मात्रा में पानी जोड़ें।
4. दोनों तौलिए के लिए एक ही दबाव में उसी समय के लिए धो लें

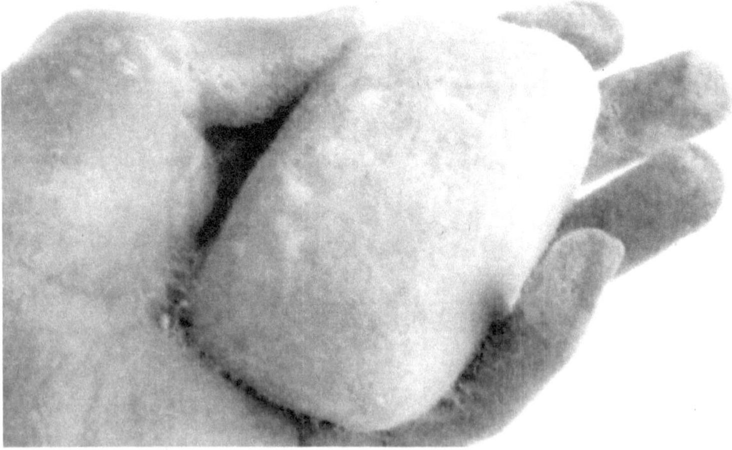

5. अब देखें कि कौन क्लीनर है।

6. अपने परिणाम रिकॉर्ड करें।

51

नकली नाक बनाना

मुसीबत

नाक श्लेष्म का एक मॉडल कैसे बनाया जा सकता है और यह कैसे टूट सकता है?

सामग्री

- स्टोव या माइक्रोवेव ओवन, सॉसपेन या माइक्रोवेव-सुरक्षित कटोरा
- पानी मापने वाला कप, गर्म मादा, 3 पैकेज अप्लावरेट जिलेटिन, बड़ा चम्मच
- एक और कटोरा, Whisk, ग्रीन फूड रंग, हल्की कोर्न सिरप

- Reseal सक्षम 1-गैलन प्लास्टिक बैग, 12-कप मफिन पैन (या दो 6 कप धूपदान)
- नापने वाले चम्मच, पेपर और पेंसिल
- सिरका, बेकिंग सोडा, मांस हेंडरजर, अनानास का रस, सन्तरे का रस, नमक-आप जो भी सुरक्षित रसोई रसायनों में रुचि रखते हैं
- 1 चम्मच माप, 11 छोटे चम्मच

प्रक्रिया

1. उपाय 3/4 कप पानी सॉस पैन या माइक्रोवेव सुरक्षित कटोरा में
2. स्टोव या माइक्रोवेव में पानी उबाल लें।
3. गर्मी से पैन या कटोरा निकालें
4. गर्म पानी में एक बार बिना किसी पानी के बेलागुल के प्रत्येक पैकेज को एक बार जोड़ दें, यह सुनिश्चित करने के लिए सरगर्मी करें कि पैकेज को जोड़ने से पहले मिश्रण में कोई गड़बड़ी नहीं है।
5. बस मजे के लिए, यदि वांछित हो, तो आप मिश्रण के लिए 3-4 बूँदें खाद्य रंगों को जोड़ सकते हैं।
6. मिश्रण को 1 मिनट के लिए बैठने दें।
7. अन्य कटोरे में 3/4 कप हल्के कॉर्न सिरप का उपाय करें।
8. धीरे-धीरे इस कटोरे में जिलेटिन मिश्रण हलचल। आपको मानवीय बलगम (स्नोट) जैसी सामग्रियों के लम्बे तार देखनी चाहिए। थोड़ी देर के लिए इसके साथ खेलने के लिए बेझिझक!
9. आपके मिश्रण को लगभग 10 मिनट के लिए ठंडा करने की अनुमति दी गई है, मिश्रण के एक तीन चम्मच तीन मफिन

कप में मिलाएँ।

10. प्रत्येक मफिन कप के लिए एक संख्या असाइन करें, ताकि आप प्रत्येक कप के लिए क्या करने जा रहे हैं इसका नजर रखें
11. डेटा तालिका बनाएँ। यह एक सुझाव है।
12. अब, आप प्रयोग करना शुरू कर सकते हैं।
13. कप #1 में चम्मच पानी जोड़ें। क्या आपको लगता है कि यह कप कार्य करता है?
15. एक साफ चम्मच का प्रयोग, पानी को मिश्रण में हलचल दें।
16. दूसरे कप में प्रत्येक कप के लिए एक साफ चम्मच का उपयोग करते हुए, आप जो भी पदार्थों में रुचि रखते हैं, उनमें 1 चम्मच जोड़ें! आपको क्या लगता है कि प्रत्येक कप के लिए एक साफ चम्मच का उपयोग करना महत्वपूर्ण है? आपको क्यों लगता है कि आपको प्रत्येक कप में समान राशि जोड़ने के लिए कहा गया था?
17. अगर आप चाहें, तो आप यह भी देख सकते हैं कि क्या आपको हर बार एक ही परिणाम मिलता है या नहीं, यह देखने के लिए एक ही पदार्थ को कई कप में जोड़ें।
18. एक आधे घंटे के लिए शान्त जगह में मफिन टिन सेट करें।
19. प्रत्येक कप में मिश्रण की जाँच करें क्या मिश्रण बदल गया है?

कैसे? आप चम्मच के साथ पलकों को उठाने की कोशिश कर सकते हैं क्या यह मोटा या नियन्त्रण से पतला (कप 1) है? अपने डेटा तालिका में अपने अवलोकन को रिकॉर्ड करें।

परिणाम

आपके परिणाम आपके द्वारा चुने गए पदार्थों और आपके

मिश्रण की निरन्तरता के आधार पर अलग-अलग होंगे, लेकिन यहाँ कुछ चीजें हैं जो आप देख सकते हैं—पानी जोड़ना मिश्रण पतली बनाता है अनानास को जोड़ने, मांस टेंडरजर, या पपीता मिश्रण बहुत पतले बनाता है। चीनी मिश्रण मोटा बनाता है शराब बनाने पर यह पतला बना देता है।

52

इसे एक हँसी पकड़ो?

यह निर्धारित करने के लिए कि हम एक खुशबू कैद कैसे कर सकते हैं।

यह विज्ञान मेला प्रयोग भी छात्रों को एक नियन्त्रण के उपयोग के महत्व को समझने की आवश्यक प्रक्रियाओं के साथ परिचित करता है, डेटा के आश्रित और स्वतन्त्र चर की पहचान करने, डेटा के सचित्र और या ग्राफिक प्रस्तुति की पहचान करने और अपने निष्कर्षों की वैधता और विश्वसनीयता के बारे में बेहतर निर्णय लेते हैं। वे वैज्ञानिकों की भूमिका निभाते हैं और इस प्रक्रिया में वे एक के रूप में कार्य करना सीखते हैं।

- लेवल, कलम, ढक्कन के साथ 4 छोटे जार

- फूलों से पूरे लौंग की पंखुड़ी जो एक अलग गन्ध है, पानी
- शल्यक स्पिरिट, कैमरे (यदि आप इस प्रक्रिया की तस्वीरें लेना चाहते हैं)
- इस प्रोजेक्ट के लिए आवश्यक सभी सामग्रियों को इकट्ठा करें जिसमें लेबल्स, पेन, लड्डों के साथि 4 छोटे जार, 10 पूरे लौंग, और एक फूल से पंखुड़ी जो एक अलग गन्ध, पानी और रगड़ शराब के होते हैं,

सावधानी

रगड़ना शराब एक जहर है। इसे अपने मुँह से दूर रखें।

डेटा चार्ट की प्रतिलिपि बनाएँ ताकि आप अपने अवलोकनों को आसानी से रिकॉर्ड कर सकें।

दो लेबलों पर, पानी लिखो और अन्य दो लेबलों पर लिखो, शराब रगड़ना प्रत्येक 4 जारों में लेबल संलग्न करें।

ऊपर दिए गए डेटा चार्ट को पुनः उत्पन्न करें ताकि आप टिप्पणियों को आसानी से रिकॉर्ड कर सकें।

1. प्रत्येक दो जारों में 5 पूरे लौंग रखें।
2. एक जार आधा भरा पानी भरें।
3. शराब पीने के साथ अन्य जार आधा भरा भरें।
4. जूतों को बन्द करें और ढक्कन पर पेय करें।
5. फूलों की पंख ले लो; उन्हें समान रूप से दो जार में विभाजित करें। पानी से भरा आधा भरा और दूसरे आधे से ज्यादा शराब पीना। फिर, धनी जार और कसकर पेंच लईड्स।
6. कमरे के तापमान पर सभी जार स्टोर करें।
7. इस पहले सप्ताह के अन्त में अपने बाईं कलाई पर पानी जार से प्रत्येक तरल से तरल की कुछ बूँदें डाल दीजिए और आपके दाएँ कलाई पर अल्कोहल समाधान से तरल की

समान संख्याएँ डाल दें। तरल पदार्थ को लुप्त हो जाना और फिर प्रत्येक कलाई को गंध दें।

8. अपने अवलोकनों को रिकॉर्ड करें।
9. दोनों जारों पर लीड्स को बदलें और दूसरे सप्ताह के लिए भंडारण के लिए वापसी करें।
10. दूसरे सप्ताह के अन्त में, चरण 11 दोहराना
11. अपने अवलोकनों को रिकॉर्ड करें क्या अब भी हर जार से सुगन्ध मजबूत है? कोई मतभेद? आप अपने परिणामों के लिए कैसे खाते हैं?
12. अपने डेटा का विश्लेषण करें आपके निष्कर्ष क्या हैं? क्या शराब रगड़ते हुए एक विलायक के रूप में पानी उतना ही प्रभावी था? फूलों की पंखुड़ियों के साथ ये सॉल्वैंट्स कितने प्रभावी थे।
13. अपना शोध लिखिए अपनी ग्रन्थ सूची को शामिल करने के लिए निश्चित करें, अर्थात् जो स्रोत आप अनुसन्धान प्रश्नों के उत्तर देने के लिए इस्तेमाल करते थे। आप इस प्रोजेक्ट में अपनी प्रतिक्रियाओं पर टिप्पणी के साथ-साथ अलग-अलग तरीके से टिप्पणियाँ शामिल कर सकते हैं यदि आप इस प्रयोग को दोहराएँ सकते हैं।
14. **शर्तें/अवधारणाएँ**—इत्र; खुशबू; कार्बनिक; रसायन विज्ञान; एस्टर; एल्डीहाइड; एसीटोन; इथेनॉल

53

प्राकृतिक और सिंथेटिक रंग प्राकृतिक और सिंथेटिक कपड़े के साथ कैसे बातचीत करते हैं?

उद्देश्य

प्राकृतिक और कृत्रिम रूप से बने कपड़ों पर सिंथेटिक रंजक और प्राकृतिक रंजक की बातचीत का पता लगाने के लिए

सामग्री

- प्राकृतिक रंग—इंडिगो, परिपक्व ब्लूबेरी, परिपक्व बीट्स
- सिंथेटिक रंग—रिट डाई
- 100% कॉटन फैब्रिक (प्राकृतिक; एक 'वसा तिमाही' क्या करेगी)
- 100% ऊन कपड़ा (प्राकृतिक)
- 100% बांस फैब्रिक (प्राकृतिक)
- 100% पॉलिएस्टर फैब्रिक (सिंथेटिक)
- 100% रेयन फैब्रिक (सिंथेटिक)
- 100% नायलॉन फैब्रिक (सिंथेटिक)
- पानी, कई प्लास्टिक के कंटेनरों को डाई और कपड़े रखना, चाकू
- झरनी, स्टोव, मटका, रंग में कपड़े को हल करने के लिए

स्पोटा या छड़ी

- रबड़ के दस्ताने, एप्रन/लबादा

प्रायोगिक विधि

1. प्रत्येक प्रकार के डाई के लिए कपड़े के नमूनों का एक सेट निर्दिष्ट करें कपड़े रंग के प्रकार के साथ लेबल करने के लिए सुनिश्चित करें, यह रंगे किया गया है कि बाद
2. प्राकृतिक डाई तैयार करने के लिए, प्रत्येक छोटे से टुकड़ों में अलग-अलग पौधों को काट लें।
3. इन टुकड़ों को एक बर्तन में एक स्टोव पर रखें।
4. बर्तन में पानी जोड़ें, पौधों की मात्रा दो बार, और एक उबाल लाने के लिए। लगभग एक घंटे के लिए उबाल लें।
5. एक घंटे बीत जाने के बाद, गर्मी से निकालें और मिश्रण को दवा दें ताकि चारों ओर तैरने वाले पौधों के कुछ छोटे टुकड़े न हो जाएँ।
6. अपने कपड़े के सभी नमूनों को बर्तन में रखें और दो से तीन

घंटे तक बैठें।

7. फैब्रिक के नमूनों को बाहर निकालें और परिणाम देखें। किस कपड़े ने सबसे अधिक रंग लिया? क्या कोई छिड़काव या असमान रंग है? तस्वीरें लें।
8. कपड़े के नमूनों को ठंडे पानी में धो लें और परिणामों की तुलना करें। क्या किसी भी डाई को बाहर धोएँ?
9. प्रत्येक प्राकृतिक डाई प्लांट सामग्री के लिए चरण 2-8 को दोहराएँ।
10. सिंथेटिक डाई के लिए, आपको निर्माता से निकालना का पालन करना चाहिए। रिट डाई में कई डाई पद्धतियाँ हैं, लेकिन सटीक परिणामों के लिए पॉट विधि के साथ छड़ी करते हैं।
11. अपने परिणामों का मूल्यांकन करें। सिंथेटिक लोगों को प्राकृतिक कपड़ों की तुलना करें, रिट डाई को प्राकृतिक रंजक
12. **शर्तें/अवधारणा**—वस्त्र; कपड़े और फाइबर तकनीक, कपड़े रंजक, सिंथेटिक और प्राकृतिक

54

क्या सूखी बर्फ गीले बर्फ की तुलना में तेज है?

लक्ष्य

इस प्रयोग में, छात्रों को यह पता चल जाएगा कि शुष्क बर्फ गीला बर्फ की तुलना में अधिक पेय को शान्त कर देगा।

परिचय

नियमित गीला बर्फ बनाया जाता है जब पानी स्थिर हो जाता है और एक तरल से ठोस को बदल जाता है। सूखी बर्फ, दूसरी तरफ, पानी बिल्कुल नहीं है यह ठोस कार्बन डाई ऑक्साइड है हालाँकि, पानी की तरह, यह भी बेरंग और बिना गन्ध है—और सूखी बर्फ गीला बर्फ की तरह अपने पेय शान्त होगा। इस प्रयोग में, हमें पता चल जाएगा कि नौकरी सबसे तेजी से

जानने के लिए शर्तें

पानी, बर्फ, कार्बन डाई ऑक्साइड (ठोस), आणविक संरचना बर्फीली तापमान, शीतलक

सामग्री

1. सूखी बर्फ (आप इसे अपने स्थानीय दवा की दुकान पर

प्राथमिक चिकित्सा अनुभाग में प्राप्त कर सकते हैं)

2. गीले बर्फ (अपने फ्रीजर से)
3. गरम पेय, जैसे कॉफी या सूप
4. दो छोटे प्लास्टिक के कंटेनर पेय पकड़ने के लिए
5. बर्फ को पकड़ने के लिए दो बड़े प्लास्टिक के कंटेनर
6. दो थर्मामीटर
7. रसोई पैमाने पर
8. नोट्स के लिए पैन और पेपर

प्रायोगिक विधि

1. या तो जमे हुए फ्रीजर में कुछ नियमित बर्फ तैयार करें।
2. शुष्क बर्फ के द्रव्यमान और गीला बर्फ के बराबर रखने के लिए, प्रत्येक को तौलना सुनिश्चित करें। उस सूखी बर्फ को अलग मत करो जो पैक में है। यह खतरनाक है। इसके बजाय, नियमित रूप से गीला बर्फ जोड़ें/घटना।
3. एक प्लास्टिक कंटेनर में दोनों प्रकार की बर्फ रखो।

4. गर्म या गर्म होने तक कॉफी या सूप के दो कंटेनर गरम करें। प्रत्येक में थर्मामीटर छड़ी करें इस तापमान को रिकॉर्ड करें।
5. उन कंटेनरों को सेट करें जिनमें बड़े कंटेनरों के अन्दर गर्म पेय होता है जिसमें बर्फ रहता है।
6. तापमान बूँदों के रूप में देखें पाँच मिनट की वेतन वृद्धि में तापमान

55

बुलबुले के साथ कूड़ेदान

सामग्री की उपलब्धता

सभी आवश्यक सामग्री आसानी से उपलब्ध है।

परियोजना का समय फ्रेम—2-4 सप्ताह

लक्ष्य

1. इस परियोजना में बुलबुले के साथ प्रयोग शामिल है। इस परियोजना के लक्ष्य हैं—
2. साबुन के बुलबुले के गुणों की पहचान करने के लिए
3. एक नए या बेहतर बबल समाधान का आविष्कार करने के लिए
4. इंटरनेट एक्सेस के साथ कम्प्यूटर
5. डिजिटल कैमरा
6. ठेठ कार्यालय/शिल्प/शौक आपूर्ति (जैसे कागज, पैन और पोस्टर बोर्ड, लकड़ी, गाद आदि)
7. कम से कम 3 ब्रांड तरल साबुन (डॉन डिश साबुन सहित, यदि सम्भव हो तो)
8. ग्लिसरीन (आपकी स्थानीय फार्मेसी में उपलब्ध है)
9. बबल समाधान के लिए बड़े फ्लैट कंटेनर

10. वायर हैंगर (या अन्य आसानी से वेंडलेबल तार)
11. किसी और चीज के साथ आप बुलबुले को उड़ाने का सोच सकते हैं। चम्मच में छेदों के साथ कोशिश करो, या एक हुला छुप हो। अपनी कल्पना का प्रयोग करें।
12. सभी सामग्री आपके घर में, स्थानीय दुकानों पर ईबे पर पाई जा सकती है

परिचय

एक साबुन का बुलबुला एक गोलाकार आकार, हवादार और साबुन पानी की पतली परत है। किसी कारण के लिए, बुलबुले सभी उम्र के लोगों के लिए बेहद दिलचस्प है, शायद उनकी प्राकृतिक इन्द्रधनुष और नाजुक सौन्दर्य के लिए। बुलबुले बेशक देखने के लिए मजेदार है और सुपर आसान बनाने के लिए, लेकिन हम वास्तव में उनसे क्या सीख सकते हैं?

शर्तें और पृष्ठभूमि अनुसन्धान शुरू करने के लिए अवधारणाओं

ग्लिसरीन, दखलंदाजी, आनन्ददायकता, सतह तनाव

अनुसन्धान सम्बन्धी सामग्री

1. (उदाहरण के लिए) से 2/3 कप डॉन डिशवैशिंग साबुन, 1 गैलन पानी और 5 बड़े चम्मच ग्लिसरीन से एक बुनियादी साबुन बुलबुला नुस्खा बनाएँ।
2. किसी भी बन्द आकार के तार में फैशन, कुछ इंच को एक सँभाल के रूप में चिपकाता है।
3. बबल समाधान में वायर आकार को विसर्जित करें और बुलबुले उड़ाने शुरू करें।
4. क्या कोई आपका बुलबुला उड़ाने वाला सत्र तस्वीर लेता है।

5. देखें कि क्या कोई बुलबुला अपनी आस्तीन पर या एक सपाट सतह पर फँसने के बिना उतरा होगा।
6. किसी अन्य बबल समाधान के व्यंजनों की कोशिश करें कि कौन या सबसे मजबूत बुलबुले पैदा करता है। एक अलग मात्रा में ग्लिसरीन का उपयोग करने का प्रयास करें, या एक अलग तरल साबुन का उपयोग करें, या खाना रंग भरने में जोड़ें। अपनी कल्पना उड़ाना।

7. किसी वाणिज्यिक ब्रांड के लिए अपने बबल समाधान की तुलना करें।
8. सभी टिपपणियों को रिकॉर्ड करें।
9. एक विस्तृत रिपोर्ट में अपने परिणामों की व्याख्या करें।
10. आपके विज्ञान निष्पक्ष प्रदर्शन में बुलबुले शामिल करें।
11. परियोजना के पूरे पाठ्यक्रम में ली गई दिलचस्प तस्वीरें दिखाएँ।

56

आग बुझाओ!

इस विज्ञान परियोजना में, बेकिंग पाउडर और सिरका का इस्तेमाल अग्निशामक की कार्रवाई को अनुकरण करने के लिए किया जाता है।

- ग्लास जार साफ करें, मिट्टी की छोटी-सी गेंद, छोटा जन्मदिन मोमबत्ती
- माचिस, 5 चम्मच बेकिंग पाउडर, 1 बड़ा चम्मच सिरका
- नापने वाले चम्मच, आवश्यक सामग्री इकट्ठा

1. ग्लास जार के नीचे मिट्टी की एक छोटी-सी गेंद रखें। मिट्टी में मोमबत्ती छड़ी करें ताकि यह खड़ा हो सके।
2. मोमबत्ती के नीचे के आसपास जार में बेकिंग पाउडर डालो सावधान रहें मोमबत्ती पर बेकिंग पाउडर प्राप्त न करें।
3. एक व्यस्क प्रकाश मोमबत्ती लो।
4. लौ से बचकर जार की तरफ से सिरका डालें। ज्वाला का क्या होता है? परिणाम रिकॉर्ड करें।

शर्तें

बुझाने—बाहर निकालने के लिए

ऑक्सीजन—जीवन के लिए आवश्यक वातावरण में तत्व

कार्बन डाई ऑक्साइड—श्वसन के दौरान गठित तत्व

अवधारणा

आग को जला करने के लिए ऑक्सीजन की आवश्यकता होती है। जब आग से ऑक्सीजन हटा दिया जाता है, तो आग निकल जाती है।

57

भूमि बनाम पानी

उद्देश्य

यह निर्धारित करने के लिए कि भूमि या पानी अधिक तेज या तेजी से warms । सौर विकिरण सतहों के तापमान को बढ़ाता है कि कैसे जाँच करने के लिए

इसके अलावा यह तय करने के लिए कि जमीन की गर्म-गहराई के बारे में पोस्ट तेजी से झूठी है, इसलिए मैं इसका परीक्षण करने जा रहा हूँ और जो वास्तव में तेजी से बढ़ रहा है।

सामग्री

- 2 थर्मामीटर, 2 प्लास्टिक बक्से (ये बिल्कुल समान होना चाहिए।)
- रेत, पानी, घड़ी

  पृष्ठभूमि अनुसन्धान के लिए शर्तें और अवधारणा

  प्रतिबिम्ब—सौर विकिरण गर्म सतहों कैसे करता है?

  ऊर्जा—जमीन क्यों पानी से अधिक और विकिरण अवशोषित करती है?

  गर्मी

  तापमान

इसके अलावा यह निर्धारित करने के लिए कि जमीन की गर्म गहराई के बारे में पोस्ट तेज है, इसलिए मैं इसका परीक्षण करने जा रहा हूँ और जो वास्तव में तेजी से warms है।

हाइपोथीसिस

मेरी परिकल्पना यह है कि जमीन की तुलना में पानी गर्म हो जाएगा।

प्रक्रिया

1. दो इंच की गहराई में अपने एक प्लास्टिक के बक्से में रेत डालें।
2. दो इंच की गहराई तक दूसरे प्लास्टिक के बॉक्स में पानी डालें रेत बॉक्स भूमि का प्रतिनिधित्व करेगा, जबकि पानी के बक्से पानी के शरीर को दर्शाता है।
3. एक स्थान में दो बक्से रखें जो सीधे सूर्य के प्रकाश को प्राप्त करता है।

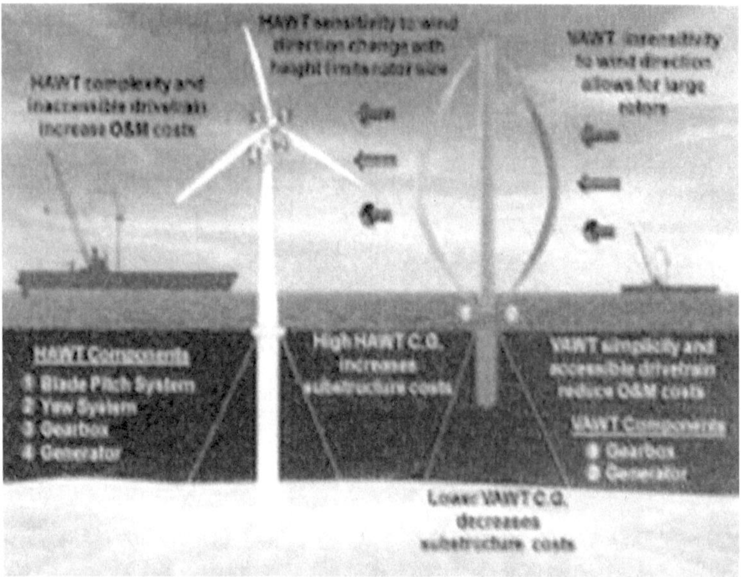

4. 30 मिनट की अवधि के लिए प्रत्येक 10 मिनट में दोनों बक्से के तापमान की जाँच करें। प्रत्येक सामग्री का सटीक तापमान प्राप्त करने के लिए थर्मामीटर को रेत और पानी में डालना सुनिश्चित करें। किसी चार्ट में तापमान रिकॉर्ड करें (नीचे नमूना देखें) या ग्राफ पर बिन्दुओं को साजिश करें।
5. अपने डेटा को देखें रेत और पानी के तापमान के बारे में आप क्या जानते हैं क्या रेत या पानी का तापमान तेजी से गर्मी?

58

कपड़ों से पानी के दाग कैसे निकालें?

छात्रों को पता चल जाएगा कि कपड़े पर पानी के दाग (सिर्फ पानी की वजह से दाग) से छुटकारा पाने का सबसे अच्छा तरीका है।

पानी के दाग/धब्बे में रेशम और रेयान जैसे नाजुक कपड़े पर अधिक बार प्रकृति की प्रवृत्ति होती है। धोने योग्य कपड़े पर दाग आसानी से धोया जा सकता है जैसे कि लोग अपने कपड़े धोने में सामान्य करते हैं लेकिन गैर धोने योग्य कपड़े पर, यह मुश्किल हो सकता है बहुत मुश्किल यह है कि यहाँ तक कि कुछ पेशेवर सूखी क्लीनर इससे छुटकारा पाने का प्रबन्धन नहीं कर सकते। इस प्रयोग में, हम पानी के दाग से छुटकारा पाने का सबसे अच्छा तरीका खोज लेंगे—जबकि उन्हें पता लगाने के लिए उन्हें क्या कारण होगा।

- केवल सूखी-साफ का एक टुकड़ा है, लेकिन लोहा रेयान या साटन कपड़े
- मलमल का कपड़ा, फैब्रिक मार्कर, थोड़ा पानी, सिरका
- बोरैक्स (सोडियम बोराटे), एक कपड़े लोहे, एक चाय की केतली
- एक चम्मच, नोट्स के लिए पेपर और पेंसिल

1. सबसे पहले हमें पानी के दाग बनाना चाहिए। कपड़े चुनें जिसे आपने चुना और इसे 56 × 6 इंच के चौराहों में काट दिया।

2. प्रत्येक कपड़े वर्ग पर पानी की कुछ बूँदों को रखो। इसे धो लें जैसे कि आप एक दाग को निकालने की कोशिश कर रहे हैं। आप देखेंगे कि इसके बजाय, आप बेहोश कलंक के साथ छोड़ देते हैं जो मूल कपड़े रंग की तुलना में सिर्फ कुछ ही रंगों में गहरा होता है। उस सूखी चलो।
3. आपके दागों को 'सेट' में आने के बाद...हम अब इसे हटाने का प्रयास करेंगे।
4. पहली पद्धति जिसे हम परीक्षण करने जा रहे हैं, विडम्बना है, दाग को अधिक पानी जोड़ें। बस पूरे दाग वाले क्षेत्र को पानी के साथ ढके हुए और इसे हवा में सूखा दें। इसे रगड़ना न करें कपड़ा 'पानी पर पानी' लेबल करें और एक तरफ सेट करें।
5. अगले दाग कपड़े नमूना लें और दूसरी तकनीक का प्रयास करें, जो पहले कपड़े को ढंका हुआ है और इसे लोहे से बाहर निकालना है। कुछ समय के लिए इस्त्री के बाद, जो भी परिणाम है; बस एक तरफ सेट करें और अगले टेस्ट पर जाएँ कपड़े लेबल 'इस्त्री'।
6. इस तीसरे नमूने में, हम एक जल केतली से आपका प्रयास करेंगे कुछ पानी उबाल लें, केतली के किनारे पर मलमल कपड़ा का एक टुकड़ा डाल दो और भाप थोड़ी देर के लिए दाग मारने के लिए अनुमति देते हैं। इसके कुछ मिनट बाद, फाइबर्स को, 'विस्थापित' करने के लिए चम्मच वाले क्षेत्र को टेप करें कुछ मिनटों के लिए ऐसा करो परिणाम जो भी हो, उसे 'धमाकेदार' लेवल करें और एक तरफ सेट करें।
7. चौथे नमूने में, हम बोरैक्स का उपयोग करने जा रहे हैं। इसे दाग के लिए लागू करें और एक कपड़े से बहुत धीरे से रगड़ें। इस 'बोरैक्स' को लेवल करें और एक तरफ सेट करें।

8. अन्त में, इस अन्तिम नमूना के लिए, हम सिरका का उपयोग करने जा रहे हैं सिरका में एक नियमित कपड़े डुबकी और दाग धीरे से रगड़ना उसके बाद, दागयुक्त कपड़े के नमूने को ठंडा पानी में कुल्ला और हवा को सूखने की अनुमति दें। लेबल 'सिरका' और एक तरफ सेट
9. लगभग एक घंटे के लिए नमूनों को सूखने की इजाजत देने के बाद, प्रत्येक कपड़ा नमूने पर किए गए उपचार के प्रभावों का निरीक्षण करें। कौन-सा सबसे प्रभावी था? कम से कम प्रभावी?

59

विटामिन ई अति सुन्दर दिखने वाली त्वचा के लिए है

परियोजना को पूरा करने के लिए लगभग आवश्यक समय पाँच दिन के लिए हर दिन कुछ मिनट विज्ञान निष्पक्ष प्रदर्शन तैयार करने के लिए एक दिन।

जाँच करने के लिए कि विटामिन ई त्वचा को नरम और युवा दिखने में कैसे मदद करता है।

- 1 गुलाब, 10 कपास झाड़ू, मोम पेपर के 5 छोटे टुकड़े, पानी
- 3 विटामिन ई कैप्सूल, सुई, मास्किंग टेप, कलम

प्रक्रिया

1. विटामिन ई को सबसे अच्छा एंटी-बुजुर्ग उत्पादों में से एक के रूप में विपणन किया जा रहा है, विटामिन ई त्वचा की कोशिकाओं को सूरज की क्षति और प्रदूषण से बचाता है। यह झुर्रियों की उपस्थिति को कम करके त्वचा को छोटी लगती है। यह कुछ त्वचा शर्तों के उपचार में भी मदद करता है।
2. इस जाँच में, विटामिन ई का प्रभाव गुलाब की पंखुड़ी पर मनाया जाता है।

शर्तें

विटामिन ई—विटामिन पौधे के पत्तों और दूध में स्वाभाविक रूप से मिला।

अवधारणा

विटामिन ई अच्छे स्वास्थ्य के लिए आवश्यक है यह पौधे के पत्तों और दूध में स्वाभाविक रूप से पाया जाता है यह त्वचा नरम और नम रहने में मदद करता है।

आवश्यक सामग्री इकट्ठा

1. 3 × 3 इंच के बारे में मोम पेपर के तीन टुकड़े काटें। एक टुकड़ा 'वायु' और दूसरे टुकड़े 'पानी', और तीसरा टुकड़ा विटामिन ई लेबल।
2. धीरे गुलाब से तीन पंखुड़ी खींचे पंखुड़ियों को पूरे रखने के लिए सावधान रहें मोम पेपर के लेबल वाले टुकड़ों में से प्रत्येक पेडल को रखें।
3. पानी में कपास के एक swaps डुबकी और मोम पेपर पर पानी डब 'लेवल'।
4. सुई का प्रयोग करके, विटामिन ई कैप्सूल में से एक को छिड़कें और 'विटामिन ई' लेबल वाले मोम पेपर और पत्ती पर विटामिन ई तेल की एक बूँद निचोड़ें। सूखे स्वैप का इस्तेमाल करके पुष्प के तेल को धीरे-धीरे फैलाएँ।
5. मोम पर पत्ती को छोड़ दें जिसका नाम 'एयर' अछूता है।
6. दोहराएँ चरण 4-6 दैनिक 5 दिनों के लिए हर दिन नए कपास झाड़ू का उपयोग करना सुनिश्चित करें
7. किसी भी परिवर्तन को रिकॉर्ड करें

60

शार्क के बारे में रोचक तथ्य

हालाँकि शार्क के विनाशकारी जानवरों के रूप में एक प्रतिष्ठा होती है जो अपने पानी के निवास स्थान में प्रवेश करने वाली किसी भी चीज पर हमला करते हैं, शार्क के हमले की वास्तविक संख्या शायद आप कल्पना की तुलना में कम है।

महान सफेद शार्क, हथौड़ाहट शार्क, बैल शार्क, टाइगर शार्क और मको सहित कई विभिन्न प्रकार के शार्क हैं, ये सभी विविध और रोचक जानकारी प्रदान करते हैं, ताकि हमारे ठंडे शार्क तथ्यों को पढ़ें और आनन्द लें।

- शार्क के पास अपने शरीर में एक भी हड्डी नहीं है इसके बजाय उनके पास कार्टिलेज के एक कंकाल हैं; एक ही प्रकार का कठोर, लचीला ऊतक जो मानव कान और नाक बनाता है।
- कुछ शार्क अपने पूरे जीवन के लिए इस कदम पर रहते हैं। यह उनके गहरे पानी पर बल देता है, रक्त प्रवाह में ऑक्सीजन वितरित करता है यदि शार्क चलती है तो यह गुस्सा और मर जाएगा।
- शार्क में उत्कृष्ट सुनवाई है वे 500 मीटर दूर से पानी में मछली को मारने के लिए सुन सकते हैं!
- यदि एक शार्क को एक बड़े स्विमिंग पूल में रखा गया था,

तो यह पानी में खून की एक बूंद को गन्ध में सक्षम होगा।

- हालाँकि शार्क की अधिकांश प्रजातियाँ एक मीटर से भी कम लम्बी हैं, ऐसे में कुछ प्रजातियाँ हैं, जैसे कि ह्वेल शार्क, जो 14 मीटर लम्बा हो सकती है।
- एक पिल्ला (बेबी शार्क) खुद का ख्याल रखने के लिए तैयार है। माँ शार्क ने पिल्ला को अपने लिए छोड़ने के लिए छोड़ दिया और पिल्ला आमतौर पर एक तेजी से दूर हो जाने से पहले माँ इसे खाने की कोशिश करता है!
- शार्क की सभी प्रजातियाँ पिल्ले जीने का जन्म नहीं देती हैं। कुछ प्रजातियाँ समुद्र के तल पर अंडे का मामला रखती हैं और बाद में अपने आप में पिल्ला घृणा करती हैं।
- महान सफेद समुद्र में सबसे घातक शार्क हैं ये शक्तिशाली शिकारी प्रति घंटे 30 किमी प्रति पानी में दौड़ सकते हैं।

- शार्क की अन्य प्रजातियों के विपरीत, महान सफेद गर्म रक्त है यद्यपि महान सफेद एक निरन्तर शरीर का तापमान नहीं रखता है, उसके तापमान को नियन्त्रित करने में सक्षम होने के लिए उसे बहुत सारे मांस खाने की जरूरत होती है।
- एक शार्क में हमेशा अपने छोटे दाँतों की एक पंक्ति होती है जो उसके सामने दाँतों के पीछे होती है। अन्ततः छोटे दाँत आगे बढ़ते हैं, कन्वेयर बेल्ट की तरह, और आगे के दाँत निकल जाते हैं।

61

बिल्ली के बारे में रोचक तथ्य

बच्चों के लिए इन मजेदार बिल्ली तथ्यों की जाँच करें पालतू जानवरों के रूप में बिल्लियों के बारे में जानें, उनका अनूठा व्यवहार, वे कितनी देर तक सोते हैं और बहुत कुछ पर पढ़ें और बिल्लियों और बिल्ली के बच्चे के बारे में दिलचस्प तथ्यों की एक विस्तृत शृंखला का आनन्द लें।

- दुनिया में सबसे ज्यादा लोकप्रिय पालतू जानवर नहीं हैं, तो बिल्लियों में से एक है।
- दुनिया में 500 मिलियन से अधिक घरेलू बिल्लियाँ हैं
- बिल्लियाँ और इंसान लगभग 10,000 वर्षों से जुड़े हुए हैं।
- बिल्लियाँ दिन में 13 से 14 घंटे की औसत के लिए सो रही हैं।
- बिल्लियों में लचीली निकायों और दाँतों को चूहों और चूहों जैसे छोटे जानवरों के शिकार करने के लिए अनुकूलित किया जाता है।
- बिल्लियों के एक समूह को एक क्लॉडर कहा जाता है, एक पुरुष बिल्ली को टॉम कहा जाता है, मादा बिल्ली को मौली या रानी कहा जाता है जबकि युवा बिल्लियों को बिल्ली के बच्चे कहा जाता है।
- घरेलू बिल्लियाँ आमतौर पर 4 किलोग्राम (8 एलबी 13

ऑउंस) से 5 किलोग्राम (11 एलबी 0 ऑउंस) तक वजन करती हैं।

- रिकॉर्ड की सबसे बड़ी घरेलू बिल्ली 21.2 9 7 किलोग्राम (46 एलबीएस 15.2 ऑउंस) है।
- बिल्लियों घातक शिकारी और बहुत चुपके वाली हो सकती हैं, जब वे अपने पीछे की तरफ चलते हैं, वैसे ही उसी स्थान पर आगे बढ़ते हैं, क्योंकि सामने के पंजे पहले से ही होते थे, यह कम से कम शोर रखता है और दृश्यमान पटरियों को सीमित करता है।
- बिल्लियों के पास शक्तिशाली रात दृष्टि है, जिससे उन्हें देखने के लिए मानव की अपेक्षा की तुलना में छह गुना कम प्रकाश स्तर पर देखने की अनुमति मिलती है।
- बिल्लियों में उत्कृष्ट सुनवाई और गन्ध की एक शक्तिशाली भावना होती है।

- पुरानी बिल्लियाँ कभी-कभी बिल्ली के बच्चे के प्रति आक्रामक तरीके से कार्य कर सकती हैं।
- घरेलू बिल्लियों को खेलना पसन्द है, विशेष रूप से बिल्ली के बच्चे जो खिलौने का पीछा करना पसन्द करते हैं और लड़ाई लड़ना पसन्द करते हैं बिल्ली के बच्चे के बीच लड़ने के लिए उन्हें शिकार करने और लड़ने के लिए कौशल सीखने और सीखने का एक तरीका हो सकता है।
- औसत बिल्लियाँ लगभग 12 से 15 साल तक रहते हैं।
- बिल्लियों ने उन्हें साफ रखने के लिए अपने कोट्स को मारने में बहुत अधिक समय व्यतीत किया।
- जंगली बिल्लियों को अक्सर कीट और देशी जानवरों के लिए खतरे के रूप में देखा जाता है।

62

कुत्तों के बारे में रोचक तथ्य

बच्चों के लिए मजेदार कुत्ते तथ्य

इन मजेदार कुत्तों के तथ्यों का आनन्द लें जो रोचक नस्लों, गाइड कुत्ते जैसे लाब्रेडर्स और बहुत कुछ के बारे में विभिन्न प्रकार की जानकारी प्रदान करते हैं। प्रसिद्ध कह रहे हैं, कुत्तों आदमी का सबसे अच्छा दोस्त है चाहे यह विश्वसनीय श्रमिक, पारिवारिक पालतू जानवर या वफादार साथी हो, कुत्तों अद्भुत घरेलू जानवर हैं जो कई गुण प्रदान करते हैं जो मनुष्यों द्वारा अच्छे उपयोग के लिए रखे जाते हैं।

- कुल मिलाकर दुनिया में लगभग 400 मिलियन कुत्तों का कहना है।
- घरेलू कुत्ते मानव इतिहास में सबसे लोकप्रिय काम और साथी जानवरों में से एक रहा है।
- कुत्ते मनुष्य के लिए शिकार, खेत का काम और सुरक्षा सहित कई उपयोगी कार्य करते हैं और साथ ही विकलांगों जैसे अन्धा जैसे लोगों की सहायता करते हैं।
- हालाँकि विशेषज्ञ अक्सर असहमत होते हैं, वैज्ञानिक प्रमाण हैं जो बताता है कि कुत्तों का पालतू बनाना 15,000 से ज्यादा साल पहले हो सकता था।
- कुत्तों की विभिन्न नस्लों की सैकड़ों संख्याएँ हैं।

- इन नस्लों के उदाहरणों में शामिल हैं—बुलडॉग, जर्मन शेफर्ड, कोली, गोल्डन रिट्रीएवर, सेंट बर्नार्ड, ग्रेहाउंड, ब्लडहाउंड, चिहुआहुआ, लैब्राडोर, ग्रेट डेन, रॉटूवीलर, बॉक्सर और कॉकर स्पैनियल।
- पंजीकृत स्वामित्व से दुनिया में कुत्तों की सबसे लोकप्रिय नस्ल लैब्राडोर है। अपनी सौम्य स्वभाव, आज्ञाकारिता, बुद्धि और असीम ऊर्जा के निकट, Labradors उत्कृष्ट परिवार पालतू जानवरों और विश्वसनीय श्रमिकों के लिए बनाते हैं। वे अक्सर पुलिस की सहायता करते हैं और गाइड कुत्ते के रूप में एक सामान्य विकल्प हैं।
- कुत्ते ने पालतू जानवरों, श्रमिकों और साथियों के रूप में इस तरह के एक मजबूत बन्धन का गठन किया है कि वे उपनाम 'आदमी का सबसे अच्छा दोस्त' अर्जित किया है।
- मानव विभिन्न कुत्ते नस्लों की प्रशिक्षित करने के लिए नस्ल शो, चपलता और आज्ञाकारिता प्रतियोगिताओं, रेसिंग और

स्लेज खींचने जैसी प्रतियोगिताओं में प्रवेश करने में मदद करते हैं।

- डॉग मनुष्यों की तुलना में बेहतर सुनवाई है, चार बार दूरी पर सुनने में सक्षम हैं।
- कुत्तों के गन्ध की एक उल्लेखनीय भावना होती है, वे मनुष्यों की तुलना में लगभग 100 मिलियन गुना कम मात्रा में सान्द्रता की गन्ध को विभेद करने में सक्षम हैं।
- एक कुत्ते के लिए औसत जीवन अवधि लगभग 10 से 14 साल है।
- कुत्ते के प्रजनन में शामिल लोगों को 'कुत्तों' के रूप में पुरुषों को 'बिट्स' कहा जाता है, कुत्तों को एक वर्ष की तुलना में 'पिल्ले' और एक 'कूड़े' के रूप में वंश के एक समूह के रूप में छोटा होता है।
- घरेलू कुत्तों omnivores हैं, वे अनाज, सब्जियों और मांस सहित विभिन्न प्रकार के खाद्य पदार्थों पर भोजन करते हैं।

63

पशु तथ्य

अधिक मजेदार पशु तथ्य

- चूहे इतनी जल्दी नस्ल करते हैं कि सिर्फ 18 महीनों में, 2 चूहों ने 1 मिलियन से अधिक रिश्तेदार बनाए हैं।
- नीले व्हेल किसी भी जानवर की सबसे ऊपरी ध्वनि पैदा कर सकता है। 188 डेसिबल में, शोर 800 किलोमीटर दूर से पता लगाया जा सकता है।
- खड़े होने पर घोड़े और गायों की नींद आती है।
- विशालकाय आर्कटिक जेलीफिश के पास जामुनी हैं जो 36 मीटर की लम्बाई तक पहुँच सकते हैं।
- टिड्डियों के पास पैर की मांसपेशियाँ हैं जो मानव मांसपेशियों के बराबर वजन से लगभग 1000 गुना ज्यादा शक्तिशाली हैं।
- हिंगबर्ड्स इतने चुस्त हैं और ऐसे अच्छे नियन्त्रण हैं कि वे पीछे की ओर उड़ सकते हैं।
- हड्डियों के बजाय, शार्क में उपास्थि से बनाई गई एक कंकाल है।
- मधुमक्खी, मच्छरों और cicadas जैसे कीड़े तेजी से उनके पंख हिलाने के द्वारा शोर करते हैं।

- एक गैंडे का सींग हड्डी या किसी अन्य पदार्थ की बजाय कॉम्पैक्ट बाल से बना है।
- शार्क दुनिया के सबसे बड़े अंडे लगाते हैं।
- जब भी साँप की आँखें बन्द हो जाती हैं, तब भी यह उसकी पलकें के माध्यम से देख सकता है।
- मनुष्य के विपरीत, भेड़ के चार पेट होते हैं, प्रत्येक व्यक्ति उन्हें खाना खाने में मदद करता है।
- ध्रुवीय भालू फर (जो पारदर्शी है) के सफेद, शराबी उपस्थिति के बावजूद, यह वास्तव में काली त्वचा है।
- साथ ही एक प्रसिद्ध लूनी धुन के चरित्र के रूप में, तस्मानियन शैतान एक वास्तविक प्राणी है जो केवल तस्मानिया, ऑस्ट्रेलिया में जंगली में पाया जाता है। यह दुनिया में सबसे बड़ा मांसाहारी दलदल है।
- औसत घर केवल 2 या 3 सप्ताह के लिए रहता है।
- मच्छरों को परेशान करने वाली कीड़े हो सकती हैं लेकिन क्या आप जानते हैं कि यह केवल महिला मच्छर है जो वास्तव में मनुष्यों को काटता है।
- बिल्लियों ने अपने मूंछों का उपयोग करके यह जाँचने के लिए किया है कि क्या उनके लिए जगह बहुत कम है या नहीं।

64

महान विज्ञान का आनन्द लें

मैग्नेट और स्प्रिंग्स

बच्चों के लिए इस मजेदार विज्ञान गतिविधि में विभिन्न चुम्बकीय चुनौतियों को पूरा करने के लिए मैग्नेट और स्प्रिंग्स के बारे में जानें। पता लगाएँ कि ऑब्जेक्ट मैग्नेट को और अधिक क्यों आकर्षित किया गया है। क्या चुम्बक प्लास्टिक की वस्तुओं को उठाएँगे? कैसे एल्यूमीनियम के डिब्बे के बारे में? प्रयोग और पता लगाएँ कि मैग्नेट और स्प्रिंग्स कैसे कार्य करते हैं वसन्त को वापस खींचने की दूरी कैसे प्रभावित करती है जिससे चुम्बक यात्रा करेगा? चुम्बक को घूमने या बड़े या छोटे आकार में बदलने की कोशिश करें, यह चुम्बकीय शक्ति को कैसे प्रभावित करता है? इस शान्त, इंटरैक्टिव गेम के साथ इन चुनौतियों और अधिक का आनन्द लें।

सूर्य, प्रकाश और छाया

इस मजेदार, बच्चों के लिए इंटरैक्टिव साइंस गतिविधि में विभिन्न प्रकाश स्त्रोतों और वस्तुओं के साथ प्रयोग करते समय सूर्य, प्रकाश और छाया के बारे में जानें। किसी प्रकाश वस्तु के करीब प्रकाश स्त्रोत को आगे बढ़ाना, इसकी छाया अधिक हो सकती है, जबकि हल्के स्त्रोत को दूर करते हुए विपरीत प्रभाव पड़ सकता है।

प्रयोग करें और देखें कि जब आप प्रकाश स्रोत झुकाते हैं या उसकी चमक बदलते हैं तो विभिन्न वस्तुओं की छायाओं का क्या होता है, यदि प्रकाश स्रोत मन्द हो जाता है तो छाया का क्या होता है? बाहर की तरफ देखें और देखें कि सूर्य के प्रकाश पेड़ों, घरों और कारों जैसे विभिन्न वस्तुओं के साथ छाया बनाती हैं। जानें कि आसमान में सूर्य की स्थिति छाया के आकार को कैसे प्रभावित करती है। यहाँ तक कि चन्द्रमा भी जब सूरज से प्रकाश को प्रतिबिम्बित करती है तब छाया पैदा कर सकती हैं इस शान्त विज्ञान खेल की चुनौती का आनन्द लें।

ध्वनि बदलना

इस मजेदार, इंटरेक्टिव गतिविधि में विभिन्न संगीत वाद्ययन्त्रों के साथ प्रयोग करने पर ध्वनि और संगीत बदलने के बारे में जानें। विभिन्न लम्बाई के तारों को अलग-अलग ध्वनियों में निकालते हुए, कुछ ऊँचे खटकेदार होते हैं जबकि अन्य बहुत कम खड़ा हो सकते हैं। ड्रम, गिटार और यहाँ तक कि एक बोतल जैसे उपकरणों को खेलते हैं। विभिन्न सेटिंग्स के साथ प्रयोग करें और अपने परिणामों को पिच और लाउडनेस ग्रिड में लें। जब आप बोतल पर उड़ते हैं तो शोर को सुनें और फिर देखें कि जब आप इसे पानी से भरने के बाद फिर से प्रयास करते हैं तो क्या होता है ढोल पर बैंग और पिच में बदलाव को सुनें, जैसे आप ड्रम त्वचा को कस कर देते हैं। बच्चों को इस शान्त विज्ञान खेल की चुनौतियों का आनन्द जाएगा।

टकराव

घर्षण के बारे में जानें, जैसा कि आप प्रयोग करते हैं कि बच्चों के लिए इस महान घर्षण गेम में विभिन्न सतहों और प्रतिरोध के स्तर पर वाहनों की आवाजाही कैसे प्रतिक्रिया करती है। कौन-सा सतह एक वाहन को अधिक धीमा कर देती है—विनाइल, लकड़ी, कालीन या

बर्फ? कोशिश करो और कारों में गिनती के बारे में जानने के सिद्धान्तों और मजेदार विज्ञान की जानकारी डालकर ट्रैक के अन्त में कार को प्राप्त करें। ट्रैक की सतह को बदलने के लिए ट्रैक पर इच्छित सतह प्रकार को क्लिक करने और खींचने से पहले स्क्रीन के निचले भाग में विभिन्न सतहों के माध्यम से स्क्रॉल करें बच्चे इस इंटरैक्टिव और शैक्षिक घर्षण गतिविधि का आनन्द लेंगे।

हल्का गहरा

प्रकाश और अँधेरे के साथ-साथ प्रकाश स्रोतों और प्रतिबिम्बों के बारे में जानें, जैसे आप इस मजेदार गतिविधि में विभिन्न ऑब्जेक्ट्स के साथ प्रयोग करते हैं। क्या दर्पण गेंद प्रकाश से बाहर निकलती है या क्या यह किसी अन्य स्रोत से प्रकाश को दर्शाता है? दीपक, मशाल, पशु या जैकेट के बारे में क्या? ऑब्जेक्ट्स के साथ खेलें और देखें कि आपको क्या परिणाम मिलें। प्रकाश स्रोतों और प्रतिबिम्बों के बीच का अन्तर जानने के लिए, जो प्रकाश स्रोत चमकीले प्रकाश देता है, सूर्य के प्रकाश के गुण और प्रतिबिम्बित करने योग्य स्ट्रिप्स पहनने से साइकिल चालकों को अधिक खड़ा कर सकते हैं ताकि वे कारों से कम होने की सम्भावना न करें। बच्चों को इस इंटरैक्टिव विज्ञान खेल के साथ प्रयोग करने में मजा आएगा।

65

भौतिक प्रक्रियाएँ

विद्युत सर्किट

बिजली सर्किट के बारे में जानें, जैसे आप इस महान बिजली गतिविधि में बैटरी, वोल्टेज और लाइट बल्ब के साथ प्रयोग करते हैं। उन्हें अलग-अलग तरीकों से तारों के कारण आश्चर्यजनक परिणाम मिल सकते हैं। प्रकाश बल्ब चमक उज्जवल बनाने के लिए सर्किट में बैटरी बदलने की कोशिश करें, वोल्टेज बढ़ाना इस प्रभाव का होगा। अपने मॉडल की जाँच करें और देखें कि यह सर्किट आरेख के रूप में कैसा दिखता है। विभिन्न चुनौतियों का आनन्द लें जिनमें सर्किट बदलना, स्विचेस करना, बल्ब की जगह, बैटरी वोल्ट बदलना और अधिक तार जोड़ना शामिल है। बच्चों को इस इंटरैक्टिव बिजली गेम के साथ मजा आएगा।

कार्रवाई में सेना

कार्रवाई में बलों के बारे में जानें, जैसा कि आप प्रयोग करते हैं, यह कैसे प्रयोग करता है कि ग्रेडिएंट, वजन, गति और प्रतिरोध इस मजेदार विज्ञान गतिविधि के साथ विभिन्न वस्तुओं के आन्दोलन को प्रभावित करते हैं। वजन की एक शृंखला को जोड़कर ट्रैक को नीचे और ट्रैक के अन्त में ट्रक को प्राप्त करने का प्रयास करें। एक तालिका

में परिणाम रिकॉर्ड करें जैसा कि आप देखते हैं कि अलग-अलग परिस्थितियाँ प्रयोगों के परिणाम को प्रभावित करती हैं। क्या होता है जब आप एक ढलान ढाल कर या ट्रक के पीछे एक पैराशूट जोड़ते हैं? बच्चों के लिए इस मजेदार, इंटरैक्टिव गेम का आनन्द लेते समय खोजें।

हम कैसे देखें

आँखें मानव शरीर के अद्‌भुत भाग हैं, सीखें कि कैसे आप बच्चों के लिए इस मजेदार विज्ञान के खेल में प्रकाश और दर्पण के साथ प्रयोग करते हैं। दर्पण कोण को बदलने के लिए वे किस तरह से प्रकाश को दर्शाते हैं कठिन अभ्यास करें और देखें कि क्या आप सही कोण पर दर्पण प्राप्त कर सकते हैं ताकि प्रकाश तम्बू पर दर्शाया जा सके। एक बार जब आप प्रकाश प्राप्त करने के बाद उस लक्ष्य का उपयोग करते हैं जो आपने प्रकाश के पथ को नियन्त्रित करके अन्य वस्तुओं को देखने और रोशन करने के लिए सीखा है। बच्चों को इस शान्त, इंटरैक्टिव गतिविधि की चुनौती से प्यार होगा।

पृथ्वी, सूर्य और चन्द्रमा

पृथ्वी, सूर्य और चन्द्रमा की कक्षाओं के बारे में जानें क्योंकि आप बच्चों के लिए इस मजेदार गतिविधि में विभिन्न तिथियों और समय के साथ प्रयोग करते हैं। डिस्कवर करें कि पृथ्वी सूर्य की कक्षा में कितनी देर तक ले जाती है, कितनी घंटे पृथ्वी पर अपनी धुरी पर एक बार घूमती है, चन्द्रमा पृथ्वी की कक्षा में कितना समय लेता है, यह कैसे सभी हमारे कैलेंडर और अन्य उपयोगी तथ्यों से सम्बन्धित है देखो कि पृथ्वी और चन्द्रमा सूर्य की कक्षा कैसे करता है, यह आपकी उम्मीद कैसे है? इन सवालों के जवाब ढूँढ़ें और पृथ्वी, सूर्य और चन्द्रमा के आकार, उनके आकार और गति के बारे में अधिक जानने के लिए

वे इस शान्त, इंटरक्टिव साइंस गेम के साथ अन्तरिक्ष में यात्रा करते हैं।

सर्किट और कंडक्टर

बिजली के सर्किटों के बारे में जानें, जैसा कि आप इस मजेदार, इंटरेक्टिव गतिविधि में कंडक्टर और बिजली स्रोतों के साथ प्रयोग करते हैं। पता लगाएँ कि क्या सामग्री दूसरों से बेहतर बिजली संचालित करती है सर्किट में खाई में विभिन्न वस्तुओं और सामग्री जैसे सिक्का, कॉर्क, रबड़, चाबी, चाक, प्लास्टिक या तार डालकर बल्ब को रोशन करने की कोशिश करें। जब आप सर्किट में एक बल्ब जोड़ते हैं तो बल्ब चमक का क्या होता है? क्या आपके पास चमक में अन्तर है, अगर आपके पास सिर्फ एक बल्ब है लेकिन दो बैटरी हैं? विभिन्न संयोजनों के साथ खेलते हैं, बिजली के बारे में अधिक जानें।

66
जीवित चीजें

आहार श्रृंखला

जानवरों और पौधों जैसे विभिन्न जीवित चीजों के बारे में जानें, उन्हें अलग-अलग श्रेणियों में तब्दील करें और बच्चों के लिए इस मजेदार विज्ञान गतिविधि के साथ खाद्य श्रंखला में फिट होने की जानकारी दें। ऐसे लोमड़ी, उल्लू, गिलहरी, घोंघे, पक्षी और कमला के साथ ही पेड़ों और अन्य जीवित चीजों जैसे पशुओं के लिए देखो। चाहे वह समुद्र, जंगल या रेगिस्तान है, अलग-अलग जगहों में विभिन्न पौधों और जानवरों की सुविधा है। वुडलैंड निवास स्थान का अन्वेषण करें और विभिन्न जानवरों और पौधों को भोजन जंजीरों में तब्दील कर लें, जबकि उन लोगों की तुलना करें, जिनके पैर हैं और जिनके पास गोले हैं। बच्चों को इस इंटरैक्टिव फूड चेन गेम की चुनौती का आनन्द मिलेगा।

सूक्ष्मजीव

सूक्ष्मजीवों के बारे में जानें, सूक्ष्मजीव-विज्ञान का अध्ययन और यह मजेदार, इंटरैक्टिव गतिविधि के साथ रहने वाले चीजों के लिए ये छोटे जीव इतनी महत्वपूर्ण क्यों हैं। सूख्मजीवों पृथ्वी पर जीवन के लिए महत्वपूर्ण हैं, विभिन्न पारिस्थितिकी प्रणालियों में decomposers के

रूप में अभिनय और नाइट्रोजन चक्र में एक महत्वपूर्ण भूमिका निभा रहा है। सूक्ष्मजीवों के प्रकार में बैक्टीरिया, कवक, शैवाल और प्लवक के प्रकार शामिल हैं सूक्ष्मजीव भोजन, पौधे, मनुष्यों और बहुत से अन्य जीवित चीजों पर अपना घर बनाते हैं। कड़ी मेहनत करें और उन जगहों पर गौर करें जहाँ आपको लगता है कि वे काम पर हो सकते हैं। जीवाणुओं के बारे में जानें जो पत्ते, बीमारियों, मोल्डी फलों, ब्रेड में खमीर, दही में बैक्टीरिया, खारिज खाने वाले साल्मोनेला और अधिक भोजन में रहते हैं। विभिन्न प्रकार के सूक्ष्मजीवों को सॉर्ट करें और बच्चों के लिए इस मजेदार विज्ञान का आनन्द लें।

मानव शरीर स्वास्थ्य और विकास

बच्चों के लिए इस मजा, इंटरैक्टिव गेम के साथ ठीक से विकसित होने के लिए मानव शरीर को स्वस्थ रहने की आवश्यकता कैसे जानें। मनुष्य को उचित स्वास्थ्य और विकास की आवश्यकता के लिए पानी, भोजन, व्यायाम और आराम का उपयोग करें। बेन को इन चीजों के अच्छे सन्तुलन की जरूरत है अगर वह एक मजबूत, स्वस्थ वयस्क के रूप में विकसित होता है। पानी के बिना वह निर्जलित हो जाएगा, बिना भोजन के वह भूख और कमजोर हो जाएगा, बिना आराम से वह थका होगा और व्यायाम के बिना वह आलसी हो जाएगा। क्या आप यह सुनिश्चित करने के लिए क्या कर सकते हैं कि बेन बच्चों के लिए इस मजेदार मानव शरीर स्वास्थ्य और विकास गतिविधि के साथ एक स्वस्थ जीवन जीता है।

दाँत और भोजन

शेरों के पास भेड़ के लिए अलग-अलग दाँत हैं, वे भी अलग-अलग खाना खा रहे हैं जानें कि अलग-अलग जानवर क्या खाते हैं और यह मजेदार विज्ञान गतिविधि के साथ उनके दाँतों के आकार और आकार

को कैसे प्रभावित करता है। कुछ अन्तर क्या हैं, उन्होंने समय के साथ कैसे अनुकूलित किया है और वे मानव के दाँतों की तुलना कैसे करते हैं? मनुष्यों के दाँत जैसे दाँतों, मूला और कुत्ते हैं, वे हमारे आहार के अनुकूल हैं और हमें कई प्रकार के खाद्य पदार्थ खाने में मदद करते हैं। जड़ी-बूटियों वाले जानवर केवल पौधे खाते हैं, उनके दाँत विशेष रूप से पत्तियों और घास के माध्यम से काटने के लिए अनुकूलित होते हैं। कार्निवाइजर केवल मांस खाते हैं, इसलिए उनके दाँत विशेष रूप से शिकार और हत्या के लिए अनुकूलित होते हैं। कुछ जानवरों के पास बिल्कुल दाँत नहीं है! बच्चों के लिए इस शान्त, इंटरैक्टिव गेम खेलकर अधिक रोचक दाँत खोजें और तथ्यों को खाने के लिए।

पौधे और पशु

पौधों और जानवरों के बारे में जानें ताकि आप उन्हें एक आउटडोर परिदृश्य में देख सकें, पौधों और जानवरों के साथ-साथ अन्य रोचक तथ्यों के बारे में और जानें। अलग-अलग जानवर अलग-अलग निवासों में रहते हैं जो कि उनकी विशेषताओं के अनुरूप होते हैं, यह पौधों के समान ही है, जो उन्हें पर्यावरण के अनुकूल बनाती हैं। देखें कि क्या आप फूलों, पेड़ों, कीड़े और पक्षियों जैसी जीवित चीजों को देख सकते हैं जैसे बच्चों के लिए इस शान्त, इंटरैक्टिव विज्ञान खेल में मजेदार गतिविधियों को पूरा किया जाए।

स्वस्थ रखें

जानें कि कैसे चलने जैसे विभिन्न अभ्यासों को आपके दिल की दर को प्रभावित कर सकता है। यह पता कर स्वयं को स्वस्थ रखने के लिए रूबी के दिल की दर बदल जाएगी जैसे आप उसकी नींद, बैठो, पैदल चलते हैं, देखें कि उनका शरीर विभिन्न गतिविधियों के प्रति प्रतिक्रिया कैसे करता है। देखें कि उनकी प्रति मिनट की धड़कन

कितनी है, क्योंकि वह विभिन्न गतिविधियों और हृदय गति के अभ्यास करती है।

आपकी संचार प्रणाली के बारे में जानें, कि आपका दिल कैसे काम करता है, क्योंकि यह आपके शरीर के चारों ओर रक्त पम्प करता है, ऑक्सीजन लेने के लिए आपके फेफड़ों में रक्त क्यों जाता है और आपके धमनियों और नसों की महत्वपूर्ण भूमिकाएँ प्रक्रिया में हैं स्वस्थ रहना एक महत्वपूर्ण विषय है जो बच्चों को इस मजेदार, इंटरैक्टिव गेम को देखकर और मानव हृदय विभिन्न गतिविधियों के प्रति कैसे प्रतिक्रिया देकर बेहतर ढंग से समझ सकता है।

पौधे कैसे बढ़ेंगे

इस इंटरेक्टिव साइंस गतिविधि के साथ प्रयोग करके बढ़ने वाले पौधों के बारे में जानें। गर्मी और पानी का उपयोग करना, यह देखें कि क्या आप पौधों को स्वस्थ आकार में विकसित कर सकते हैं। पौधे पर बहुत अधिक सूर्य और नमी का नकारात्मक प्रभाव हो सकता है, हालाँकि इसे पोषक तत्व देने पर सावधान रहें। शेष राशि में सन्तुलन रखें और देखें कि आप पौधों को स्वस्थ रहने से कितने समय तक रह सकते हैं। अलग-अलग परिस्थितियों के साथ प्रयोग, क्या अन्धा बन्द हो जाता है और सूर्य के प्रकाश को दूर करता है? क्या होगा यदि आप संयंत्र को पानी भरने या बहुत अधिक पानी जोड़ने के लिए भूल जाते हैं? कैसे के बारे में अगर स्थिति बहुत गर्म या बहुत ठंडा हो? क्या आप 4 सप्ताह के लिए संयंत्र का ध्यान रख सकते हैं? चुनौती ले लो और इसे एक कोशिश दे दो यह मजेदार, शैक्षिक खेल बच्चों के लिए एकदम सही है।

कंकाल बौर बोंस

स्केलेटन संरचनाएँ है जो हमारे शरीर को एक साथ रखते हैं और

हमें स्वस्थ रखने के लिए बहुत महत्वपूर्ण हैं। बच्चों के लिए इस मजेदार गतिविधि में कीड़े, मछली या घोड़े जैसे मानव पशुओं की हड्डियों के साथ-साथ अन्य जानवरों के कंकाल के छँटाई और लेबलिंग के बारे में जानने और बढ़ने के बारे में जानें। पता लगाएँ कि पसलियों, खोपड़ी, कॉलर की हड्डी और श्रोणि जैसे हड्डियों के रूप में मानव शरीर के अन्दर हैं। दिलचस्प तथ्य जानें, क्या आप जानते हैं कि वयस्क मानव शरीर में 200 से अधिक हड्डियाँ हैं? या जैसे केकड़ों और झींगा मछलियों की तरह, कीटों को एक्सोस्केलेटोन (उनके शरीर के बाहर के कंकाल) हैं? इस शान्त, इंटरैक्टिव गेम के साथ जानवरों की हड्डियों और मानव कंकाल के बारे में अधिक जानने का आनन्द लें।

पौधे और पशु मतभेद

जानवरों और पौधों के बीच भिन्न श्रेणियों में उन्हें छाँटने के बारे में जानें। बच्चों के लिए इस मजेदार गतिविधि के साथ स्तनधारियों, पक्षियों, कीड़े और पौधों के बारे में अधिक खोजें। पता लगाएँ कि मधुमक्खी, पेंगुइन, घोड़ों, तितलियों, मनुष्यों, पेड़ों और फूलों की श्रेणी में रहने वाले चीजों में क्या फर्क है कन्वेयर बेल्ट के रूप में तेजी से काम स्क्रीन भर में ले जाता है, जल्दी से सही बक्से में विभिन्न पौधों और जानवरों डाल दिया। चुनौती ले लो और इस शान्त का आनन्द लें।

एक संयंत्र का जीवनचक्र

किसी पौधे के जीवन चक्र को जानने के लिए, फूलों के कुछ हिस्सों को छँटाएँ, यह पता लगाएँ कि प्रत्येक भाग क्या करता है और जीवित चीज के जीवनचक्र में कैसे योगदान देता है। इंटरैक्टिव फूल विच्छेदन गतिविधि का आनन्द लें और फूलों की पंखुड़ी, सीपल्स, कार्पल, नारकोणों, पेटी और पुंकेसर के बारे में अधिक जानें। फूल के विभिन्न भागों के साथ

प्रयोग, उन्हें सही श्रेणियों में सॉर्ट करें, उन्हें लेबल करें और उपयोगी जानकारी सीखें। क्या आप जानते हैं कि पुंकेसर पराग बनाते हैं, शहद बनाने के लिए मधुमक्खी का उपयोग किया जाने वाला अमृत फूलों के न्यडिर्स में बनाया जाता है और पंखियाँ अक्सर उज्ज्वल होती हैं ताकि वे कीड़ों को आकर्षित कर सकें?

●●●

www.ingramcontent.com/pod-product-compliance
Lightning Source LLC
LaVergne TN
LVHW100810051026
849519LV00006B/2027